ARTO PAASILINNA
Vorstandssitzung im Paradies

AF185462

Weitere Titel des Autors:

Über den Autor

Arto Paasilinna (*1942 – †2018), geboren im lappländischen Kittilä, war einer der populärsten zeitgenössischen Schriftsteller Finnlands. Seine Schilderungen finnischer Männer und deren unverwüstlicher Einstellung zum Leben haben einen festen Platz im Kanon der finnischen Literatur. Seine schnörkellose Sprache, seine überbordende Fantasie und sein trockener Humor haben auch weltweit viele Leser und Leserinnen gefunden.

ARTO PAASILINNA

Vorstandssitzung im Paradies

ROMAN

Übersetzung aus dem Finnischen von
Regine Pirschel

lübbe

Vollständige Taschenbuchausgabe
der bei Bastei Lübbe erschienenen Hardcoverausgabe

Copyright © 1997 und 2024 by Arto Paasilinna

Titel der finnischen Originalausgabe:
»Paratiisisaaren vangit«

Für die deutschsprachige Ausgabe:
Copyright © 2004 und 2024 by
Bastei Lübbe AG, Schanzenstraße 6–20, 51063 Köln

Vervielfältigungen dieses Werkes für das Text- und
Data-Mining bleiben vorbehalten.

Umschlaggestaltung: Kristin Pang
Einband-/Umschlagmotiv: © Image Source /
Frank and Helena /plainpicture; © Josep Curto /shutterstock.com
Satz: hanseatenSatz-bremen, Bremen
Gesetzt aus der Gos Regular
Druck und Verarbeitung: GGP Media GmbH, Pößneck

Printed in Germany
ISBN 978-3-404-19346-2

2   4   5   3   1

Sie finden uns im Internet unter:
luebbe.de
Bitte beachten Sie auch: lesejury.de

1

Das Flugzeug schwankte in der Dunkelheit. Wir befanden uns über dem Stillen Ozean, genauer gesagt über dem Seegebiet von Melanesien, hatten den dreißigsten Breitengrad und den Wendekreis des Krebses überquert.

Ich musste daran denken, dass in dieser Gegend die Temperatur selbst in den kältesten Monaten nicht unter achtzehn Grad sinkt.

Die Erde hat eine heiße Zone, und die überflogen wir jetzt. Die Maschine war seit drei Stunden in der Luft, sie war in Japan gestartet, vom internationalen Linienflugplatz in Tokio.

Ich bin Journalist und ansonsten ein stinknormaler Finne, schlecht ausgebildet, besondere Kennzeichen: geringer Ehrgeiz, ein abgetragenes Jackett und ein schlichtes Gemüt. Ich bin älter als dreißig. Ich bin völlig durchschnittlich, und das macht mir manchmal zu schaffen.

Ich habe zahllose Artikel für die verschiedensten Presseorgane geschrieben, aber kaum einer hat über den aktuellen Anlass hinaus Bedeutung erlangt. Ein Bericht zum Zeitgeschehen ist wie eine Loipe, die, wenn überhaupt, nur im Winter gebraucht wird, – im Frühjahr verschwindet sie, und im Sommer existiert sie nicht mehr, niemand braucht sie, niemand vermisst sie.

Wir flogen also über den Stillen Ozean, in einer englischen Düsenmaschine vom Typ Trident. Es war Nacht, und es herrschte Sturm.

Der Steward, ein junger Brite mit langer Nase, setzte sich zu mir und sagte in vertraulichem Ton, dass verdammt schlechtes Flugwetter herrsche und die Maschine stark schwanke.

Ich konnte ihm uneingeschränkt zustimmen. Die Maschine schüttelte ihre Passagiere tatsächlich unangenehm durch. Hin und wieder blitzte es in der Ferne auf, ob es sich um ein Wetterleuchten oder einen gewöhnlichen Blitz handelte, konnte ich nicht sagen.

Ich ärgerte mich, dass ich gerade diesen Flug nach Australien genommen hatte, denn ich konnte mich erinnern, dass eine Maschine dieses Typs vor ein paar Jahren bei Paris verunglückt war und dass es bei der Untersuchung geheißen hatte, gewisse Eigenschaften der Trident könnten der Auslöser gewesen sein. Die Fluggesellschaft hatte sich ungefähr so ausgedrückt, dass die Höhenflosse die Maschine in einen überzogenen Flugzustand gebracht hatte. Wie es schien, hatte dieselbe Krankheit jetzt ausgerechnet auch unsere Maschine befallen.

Der Steward wusste, dass ich Journalist war, und fragte, ob ich für die Vereinten Nationen arbeite. Als ich das verneinte, eröffnete er mir, dass auch er nicht im Dienste dieser Organisation stehe. »Die UNO hat die Maschine für diesen Flug gechartert«, erklärte er. »Alle anderen Passagiere sind in ihrem Auftrag unterwegs, es sind Krankenschwestern, Hebammen, Ärzte und Waldarbeiter«, berichtete er mit Blick auf meine Mitreisenden, die in ihren Sesseln hockten und zu schlafen versuchten.

Ich bat den Steward, mir ein Glas Saft zu bringen. Er stand auf, um meinen Wunsch zu erfüllen. Im letzten Moment entschied ich mich anders und bestellte einen Whisky. »Das ist bei diesem Wetter wahrscheinlich das passendere Getränk«, fügte ich hinzu.

Der Steward lachte und brachte mir das Gewünschte. Auf der

anderen Seite des Ganges saßen zwei Frauen, die wie Hebammen aussahen und mich tadelnd anblickten, als ich mein Getränk entgegennahm.

Der Steward setzte sich wieder zu mir. Wir unterhielten uns eine halbe Stunde lang über alles Mögliche. Der Sturm schien weiter zuzunehmen, sodass der Steward Probleme hatte vorwärts zu kommen, als er mir einen zweiten Whisky holte. Er selbst trank nichts. Aus der Sitzreihe vor mir war leises Schaben zu hören. Als ich zwischen den Lehnen hindurchlugte, sah ich eine blonde junge Frau, die sich die Fingernägel feilte. Sie blickte mich freundlich an. Keiner von uns beiden sagte etwas.

Der Steward hielt sich an der Lehne des Vordersitzes fest. Die Maschine wackelte immer heftiger, und ich musste aufpassen, dass ich nichts von meinem Getränk verschüttete.

Nach einer Weile wandte sich der Steward mir wieder zu und sagte leise, nur für meine Ohren bestimmt, dass er eigentlich keine Ahnung habe, wo wir uns befanden. Als ich verwundert fragte, wie das möglich sei, sagte er noch leiser, dass sich wahrscheinlich auch der Flugkapitän nicht mehr auskenne, zumindest nicht genau.

Er fügte hinzu, dass er so etwas eigentlich nicht sagen dürfe, aber nun spiele es keine Rolle mehr, Tatsache sei, dass sich die Maschine verirrt habe. Ich gab zu bedenken, dass es wohl besser sei, auch die anderen Passagiere über die Situation zu informieren. Der Steward vergewisserte sich, ob ich wirklich der Meinung sei, und er gestand, dass er ebenso denke. Nach diesen Worten erhob er sich und kämpfte sich durch die wankende Maschine ins Cockpit durch.

Kurz darauf ertönte aus den Lautsprechern die Stimme des Flugkapitäns. Er teilte mit, dass die Flughöhe etwa zehntausend Meter betrage und dass wir nach Südosten flögen. Allerdings lasse sich nicht feststellen, wo wir uns befänden, lediglich Flugrichtung und -höhe seien ihm noch bekannt.

Anschließend bekamen wir vom Kapitän, der sich als Mister Taylor vorgestellt hatte, einige der üblichen eleganten Umschreibungen zu hören: dass er sich nicht im eigentlichen Sinne verirrt habe, keineswegs, sondern dass er lediglich infolge der ungewöhnlichen Witterung Orientierungsprobleme habe und dass sich niemand Sorgen zu machen brauche.

Dessen ungeachtet bat Kapitän Taylor die Passagiere, sich anzuschnallen und das Rauchen einzustellen. Die Stewardessen verteilten Kissen, die wir uns auf die Knie legen sollten. Sie erklärten uns das Reservesauerstoffsystem der Maschine, zeigten uns, wo die Notausgänge waren und wo sich die Rettungswesten befanden. Ich tastete unter dem Sitz nach der meinen und dachte, wie schrecklich es wäre, wenn ich sie anlegen müsste.

Ich sagte zum Steward, dass all diese Maßnahmen bereits erklärt worden seien, als wir in Tokio gestartet waren.

»Dies bedeutet noch nicht, dass Gefahr besteht«, sagte er unsicher. Der Klang seiner Stimme ließ darauf schließen, dass die Katastrophe unmittelbar bevorstand.

Ich fragte mich, ob ich wohl je nach Australien gelangen würde. Seit zwei Jahren hatte ich die Reportagereise geplant und sie nun endlich antreten können.

Schon bald ging mir allerdings anderes durch den Kopf. Die Maschine kippte nämlich schwer nach links. Ich saß auf der rechten Seite am Fenster und blickte kurz hinaus, sah aber nur Dunkelheit. Mein Glas fiel zu Boden, der Steward bemerkte es nicht. Das Glas rollte unter den Sitzen hin und her und dann durch den Mittelgang bis an die Wand des Cockpits, wo es zerbrach. Scherben bringen Glück, dachte ich, ohne allerdings wirklich daran zu glauben.

Die Maschine torkelte durch die Luft und kippte von einer Seite auf die andere, dann erlosch das Licht. Es schien, als wäre der rechte Motor ausgefallen. Später zeigte sich, dass genau dies der Fall gewesen war.

Die Trident trudelte abwärts ins Meer.

Die Lautsprecher knackten, die Stimme des Kapitäns war zu hören. Er war nicht mehr wirklich ruhig. Seinen Worten war so viel zu entnehmen, dass sich die Passagiere auf eine Notlandung vorbereiten sollten. Nachts, bei Sturm, im Stillen Ozean.

Die Frauen schrien. Ich spürte Druck auf den Ohren, meine Augen tränten. Die Maschine schien direkt ins Meer zu fallen.

Nach einem langen Sturzflug richtete sich die Maschine ein wenig auf, und wieder war die Stimme des Kapitäns zu vernehmen. Durch die Dunkelheit drang seine Information: »Wir fliegen dicht über dem Meer. Der rechte Motor ist ausgefallen. Wir werden gleich im Wasser landen.«

Der Kapitän forderte die Passagiere auf, Ruhe zu bewahren, dann ließ er noch verlauten, dass er mit etwas Glück in der Nähe einer Insel landen könnte. Außerdem erklärte er, dass ein Flugzeug dieses Typs nach der Notlandung nicht zwangsläufig auf den Wellen zerschellen würde, sondern dass die Passagiere eine Chance hätten, durch die Notausgänge nach draußen zu gelangen, ehe das Wrack versank.

Ich spürte deutlich, wie die Maschine mit der Nase nach unten über dem Meer kreiste, und ich sagte mir, dass unser trefflicher Pilot vielleicht tatsächlich nach einer passenden Insel, etwa einer mit einem kilometerlangen Sandstrand, der sich als Piste für die Bauchlandung eignete, Ausschau hielt.

Im Passagierraum ging das Licht an. Die Stewardessen standen sofort auf und verteilten Rettungswesten. Ich fluchte über die Hersteller: Die Bänder verhedderten sich in der Eile, und es war fast ein Wunder, dass es allen Passagieren gelang, die Westen anzulegen.

Das Licht erlosch wieder. An der linken Tragfläche tauchte ein heller Lichtkegel auf, wahrscheinlich das Landungslicht.

Plötzlich schien die Maschine frontal gegen eine Wand zu prallen. Wir wurden alle mit dem Kopf voran an die Vordersitze geschleudert, die Kissen wurden feucht vom Blut, und das Licht erlosch endgültig. Die Tragfläche draußen neben meinem Fenster riss ab und nahm ein Stück Bordwand mit sich, und ich sah in der Dunkelheit Flammen, die jedoch sofort erloschen.

Wie sich denken lässt, herrschte im Passagierraum totales Chaos. Ich hatte das Gefühl, dass das Flugzeug gegen einen tropischen Vulkan geprallt war, bis ich feststellte, dass es gerade auf dem Meer notgelandet war. Aber Wasser ist hart wie Stein, wenn man aus großer Höhe oder mit entsprechendem Tempo hineinspringt, und wir hatten beide Fehler gemacht.

Was mir sofort auffiel, war, dass es auf dem Meer gar nicht stürmte, sondern dass die Wellen relativ klein waren. Später bekam ich die Erklärung dafür: Die Trident war innerhalb einer Korallenkette aufgeschlagen.

Die Passagiere tasteten nach den Notausgängen, öffneten sie und sprangen ins Meer. Ich spürte, wie meine Füße nass wurden, und so schwamm auch ich los, direkt durch die Öffnung, die die abgerissene Tragfläche zum Abschied hinterlassen hatte. Die Rettungsweste trug mich wunderbar, und, heldenhaft wie ich war, blieb ich in der Nähe der Öffnung und rief den Mitreisenden, die sich noch drinnen im Wrack befanden, Ratschläge zu. Sonderbarerweise machte die Maschine keine Anstalten zu versinken. Immer mehr Menschen konnten so durch die Öffnung herausspringen.

Ein großes Rettungsfloß mit hellen Lichtern an den Rändern

war aus der Maschine ins Wasser gelassen worden. Ein Schwimmer nach dem anderen kämpfte sich durch die Wellen zu dem Floß und klammerte sich an die Außenseile.

Ich tat das idiotischerweise nicht, sondern blieb in der Nähe der Öffnung und, da ich wahrscheinlich wegen einer Gehirnerschütterung nicht mehr klar denken konnte, machte etwas noch Riskanteres: Ich schwamm ganz nah heran und forderte die Leute auf zu springen, ohne mich im Geringsten darum zu kümmern, dass das gierige Meerwasser immer schneller durch die Öffnung ins Innere der Maschine drang. Das große Wrack schaukelte hin und her, sodass ich am nächsten Tag erhebliche Atemprobleme hatte. Die Wellen schleuderten mich nämlich so vehement gegen die Stahlwand, dass sich ein paar meiner Rippen veranlasst sahen zu brechen.

Drinnen in der Maschine war niemand mehr, sodass mein demonstratives Heldentum völlig überflüssig war.

Schließlich begann das Wrack schnell zu sinken, und erst jetzt kam ich auf die Idee wegzuschwimmen. Mit knapper Not schaffte ich es, mich von dem Riesen zu lösen, ehe er unterging. Der gewaltige Sog zog mich zwar für ein paar Sekunden unter Wasser, aber die Schwimmweste beförderte mich wieder nach oben. Großes Glück, oder vielmehr die geschickte Notlandung des britischen Flugkapitäns, rettete mich: Das Meer spülte mich binnen einer halben Stunde ans Ufer, wo ich mir ein paar Beulen an den Knien holte, ehe es mir gelang, aus dem Wasser zu kriechen. Ich warf mich in den Sand, um zu schlafen und den Kater loszuwerden, den ich mir in Tokio eingehandelt hatte.

2

Ich erwachte davon, dass das Wasser meine Füße umspülte. Nach der nächtlichen Notlandung war ich auf den Sandstrand gekrochen und, ziemlich dicht am Wasser, eingeschlafen. Es war Morgen, und die Wellen leckten ab und zu über meine Füße. Man kann sagen, dass ich in ziemlich desolatem Zustand war: Feuchter, warmer Sand war in meine Kleidung und meine Strümpfe eingedrungen, der Gürtel kniff, und in der Brust hatte ich Schmerzen.

Ich rappelte mich mühsam auf, streifte die Sandalen ab und wrang die Strümpfe aus.

Ich befühlte meine Brust und kam zu dem Schluss, dass sich wahrscheinlich ein paar Rippen vom Brustbein gelöst hatten.

Der Sand am Ufer war feucht. Zwanzig Meter landeinwärts erhob sich eine dichte Dschungelwand. Meine Armbanduhr war stehen geblieben. Meine Brieftasche war noch vorhanden, aber die Papiere waren durchnässt. Die Sonne schien, und zwar sehr heiß und aus einer für mich ungewohnten Richtung, nämlich steil von oben. Zu Hause im Norden scheint die Sonne vom Horizont, die kurze Zeit, die sie überhaupt scheint, aber hier, wo ich jetzt war, stand die Sonne tatsächlich über meinem Kopf. An sich nichts Weltbewegendes, aber auf mich macht so etwas viel Eindruck.

Ich war allein am Strand. Ich nahm meine von Wasser und Sand arg lädierte Krawatte ab und überlegte kurz, ob ich sie in die grünen Wellen werfen sollte, aber dann beschloss ich, sie einzustecken. Man weiß ja nie, was man auf einer einsamen Insel alles gebrauchen kann.

Der Ort, an dem ich mich befand, war eine Art Bucht. Im Meer erhob sich weiß umschäumt die Korallenkette, und rechts und links sah ich die Landzungen, die die Bucht umschlossen. Das Ufer bestand aus Sandstrand, und dahinter wucherte dichter Dschungel, dessen vorderste Bäume sich über den Strand beugten, wie auf dem Junibild im Pirelli-Kalender.

Kein Zweifel, ich war in der heißen Zone des Ozeans gestrandet. Ich trug noch die Rettungsweste, sie war über und über mit feinem, feuchtem Sand bedeckt. Ich beschloss, sie abzulegen, denn ich schwitzte darunter. Ich konnte mich gut erinnern, wie schwierig es gewesen war, die Weste im Flugzeug anzulegen, aber jetzt stellte ich fest, dass es noch schwieriger war, sie loszuwerden. Die Stoffbänder waren vom Meerwasser hart geworden und scheuerten, und die Schnallen waren vom Sand verklebt. Meine Brust schmerzte, während ich mich mit der Weste abplagte. Ich kam mir vor wie ein kleiner Junge, der versucht, die verknoteten Bänder seiner Skistiefel zu lösen.

Endlich hatte ich es geschafft und war völlig außer Atem. Ich hätte gern geraucht, aber die Zigaretten in meiner Tasche waren zerbröselt, und die Streichhölzer waren durchfeuchtet und unbrauchbar. Großer Durst quälte mich.

Ich wanderte am Strand entlang, aus der Stellung der Sonne zu urteilen, in westliche Richtung. Ich ließ die Bucht hinter mir, und es folgte eine zweite, ähnliche, dahinter kam eine dritte, und dann eine weitere. Den anderen Passagieren der Trident begegnete ich nicht. Die Wellen hatten den Sand am Ufer geglättet, es waren keinerlei menschliche Spuren zu sehen. Ich ging unter der heißen Sonne immer weiter. Nach einer Weile zog ich die Sandalen aus und trug sie an den Riemen in der Hand, in der anderen baumelte die Rettungsweste. Ihre Bänder hinterließen eine Spur im Sand, es sah aus, als wäre eine Maus neben mir gegangen.

Ich muss ziemlich kläglich ausgesehen haben, wie ich da entlangtrottete, matt und ausgelaugt, nach einer Zigarette lechzend, von Hunger und Durst geplagt. Von Robinson-Romantik konnte jedenfalls keine Rede sein. Zum Glück war niemand da, der dumme Bemerkungen über meinen Zustand hätte machen können.

Allerlei Gedanken gingen mir bei meiner Strandwanderung durch den Kopf. Ich fluchte innerlich über das Scheitern meiner schönen Reportagereise, die ich jahrelang geplant und für die ich monatelang eisern gespart hatte – alles umsonst. Ich dachte an meine Familie in Europa, in Finnland. Dort war wohl jetzt gerade Nacht, und erst wenn der Tag anbrach, würde sie erfahren, dass irgendwo vor Melanesien eine von der UNO gecharterte Maschine ins Meer gestürzt war, und mit ihr etwa fünfzig Passagiere: Krankenschwestern, Ärzte, Waldarbeiter und ein Journalist. Die Familie würde bestimmt um mich und mein Schicksal trauern.

Aber ob sie wirklich ernsthaft trauern würde? Ich hielt mir vor Augen, dass ich daheim in Finnland immerhin ein ziemlich schwieriger Mensch gewesen war, vielleicht würden die Verwandten und engsten Angehörigen geradezu vor Erleichterung aufseufzen. Dann machte ich eine gedankliche Kehrtwendung und begann mich innerlich an der Seelenqual meiner Familie zu weiden: Tränen, Trauer, entsetzte Worte und Vermutungen über mein Schicksal …, und was würde die Presse wohl über den Fall berichten? Diese Gedanken gefielen mir ungemein, und ich bemerkte, dass ich wieder in eine neue Bucht gekommen war.

Auch hier traf ich niemanden an.

Ich wurde müde. Ich ging landeinwärts bis an den Rand des Dschungels und setzte mich. Mein Hintern wurde nass, also stand ich wieder auf. Ich musste lange suchen, ehe ich eine halbwegs trockene Stelle fand, und fluchte innerlich über das Gelände. Bei uns im Norden gab es im Wald wenigstens Grashöcker, hier dagegen nur Kuhlen und Wasser.

Ja, genau … Wasser! Unter den Bäumen waren Vertiefungen, und darin stand in der Tat Wasser. Ich schöpfte ein wenig mit der hohlen Hand und war drauf und dran, die ziemlich heiße Flüssigkeit zu trinken, doch dann hielt ich inne. Womöglich war diese Brühe verdreckt, giftig? Wie, zum Teufel, sollte ich das wissen? Diese Gegenden sind voller Überraschungen, und ich erinnerte mich, irgendwo gelesen zu haben, dass gerade das Wasser am Äquator besonders giftig ist. Ich ließ das Wasser durch die Finger rinnen und betrachtete meine feuchten Hände. Meine Kehle war trocken, meine Hände glänzten in der Sonne.

Ich überlegte, ob ich es wagen konnte, die Hände abzulecken. Selbst das erschien mir tollkühn.

Aber dann machte ich mich über meine eigene Ängstlichkeit lustig und leckte meine feuchten Hände ab, ohne mich um mögliche Gefahren zu kümmern.

Mir passierte nichts, also steckte ich erneut eine Hand in die Wurzelvertiefung und leckte sie ab, und noch immer traten keine Vergiftungserscheinungen auf. Ich wiederholte den Vorgang mehrmals. Alles schien gut zu gehen.

Schließlich, durch die Probeversuche ermutigt, schöpfte ich mit beiden Händen Wasser, wieder und wieder, und trank wie ein Steppenpferd. Das Wasser war warm, aber salzlos, und es enthielt zumindest keine Substanzen, die sofort töteten.

Nachdem ich meinen Durst gelöscht hatte, überkam mich wieder die Gier nach einer Zigarette, und ich fuhr mit der Hand in die Hosentasche. Ich begriff, wie sich Häftlinge beim zwangsweisen Nikotinentzug fühlen mussten.

Also stand ich auf und schlug wütend mit der Rettungsweste gegen die umstehenden Bäume, Sträucher, Lianen und was da sonst noch alles wuchs. Der Tobsuchtsanfall hatte zwei Folgen: Von den Bäumen tropfte Wasser, und unmittelbar danach klatschte mir etwas in den Nacken, kalt und schwer, es fühlte sich an wie eine feuchte Schlange.

Treffender hätte ich das, was da vom Baum gefallen war, kaum charakterisieren können. Als ich es von meinen Schultern entfernte und betrachtete, stellte ich fest, dass es tatsächlich eine Schlange war, ein grünes zischelndes Wesen mit kleinem Kopf, das sich aus meinem erschrockenen Griff zu befreien versuchte. Ich schleuderte es so schnell weg, wie ich irgend konnte, und rannte mit langen Schritten an den Strand. Dort hielt ich inne, wahnsinnig vor Angst, das glitschige Tier könnte mir bis dorthin folgen.

Die Schlange machte aber keine Anstalten, mich zu verfolgen. Dennoch betrachtete ich den Dschungel jetzt furchtsamer als vor ihrem Auftauchen.

Was tat ich anschließend? Ich ging am Strand weiter, die Rettungsweste über der Schulter, gereizt vor Hunger.

Ich ging den ganzen Tag, ohne dass mir jemand begegnet wäre und mich gefragt hätte, wohin ich unterwegs war.

Gegen Abend setzte ich mich traurig hin, löste mit dem Nagelknipser das Glas von meiner Uhr, goss das Wasser aus und blies in das Getriebe. Die Uhr ging wieder. Ich setzte das Glas wieder ein und stellte die Zeiger auf fünf, dann zog ich die Uhr auf und legte mich in den Sand, um zu schlafen. Nach meiner langen Wanderung war es in dem heißen, feuchten Sand eigentlich ganz angenehm.

Das war mein erster Tag nach der Notlandung, und ich fand, dass es keinen Grund zu Freudenausbrüchen gab.

3

Ich erwachte am nächsten Morgen in jämmerlicher Verfassung. Der Hunger war über Nacht noch gewachsen, und ich hatte wieder große Lust auf eine Zigarette. Immerhin wagte ich Wasser zu trinken, sodass ich nicht unter Durst zu leiden hatte.

Ich sagte mir, dass ich am vergangenen Tag wahrscheinlich in die falsche Richtung gegangen war, da ich niemanden getroffen hatte, und so beschloss ich, zu meinem Ausgangspunkt zurückzukehren.

Die Wanderung an einem einsamen Strand ist eine eintönige, mühselige Angelegenheit. Meine einzige menschliche Gesellschaft waren die eigenen Fußspuren vom Vortag. Der Ozean wogte weiß und schön, aber ich war zu müde, um den Anblick zu genießen. Der feuchte Dschungel reizte mich auch nicht zu Erkundungen.

Es wurde Abend. Ich schlief wieder im Sand. Am Morgen des dritten Tages gelangte ich in die Bucht, in die mich das Meer nach dem Flugzeugabsturz gespült hatte. Ich wanderte weiter gen Osten.

Ich stamme aus dem hohen Norden und bin an Wildmarkwanderungen gewöhnt. Aber wider Erwarten war mir diese Übung hier am tropischen Sandstrand keine Hilfe. Ich war erschöpft, vom Hunger geschwächt und kam nicht sehr schnell vorwärts. Aber ich ging trotzdem weiter, vor mir öffneten sich immer neue Lagunen.

Ich empfand tiefe Bitterkeit gegen die englischen Flugzeugkonstrukteure. Mussten sie denn Maschinen entwickeln, die keinen anständigen Sturm vertrugen? Ich dachte auch an die melanesischen Götter, denn womöglich hatten diese zahllosen Geister einer tausendjährigen Kultur für die Havarie gesorgt, hatten sich vielleicht ein wenig Abwechslung und Spaß in der Leere des tropischen Ozeans verschaffen wollen?

Nach der heißesten Stunde des dritten Tages entdeckte ich die erste Spur von Menschen.

Im feuchten Sand lag ein kleines, blaues Käppi, von den Wellen angespült. Ich sah es schon von weitem, und obwohl ich müde war, lief ich rasch hin, hob es auf und drehte es in den Händen. Es war ein adrettes kleines Kleidungsstück, vorn waren goldene Schwingen und die Initialen der britischen Fluggesellschaft aufgestickt. Ich kannte es, es gehörte einer der beiden Stewardessen. Ich freute mich über den Fund, aber dann kam mir der Gedanke, dass diese Kopfbedeckung vielleicht das Einzige war, was von der Frau an den Strand gespült worden war. Eine schlimme Vorstellung, dass die Trägerin des Käppis im Ozean ertrunken war.

Ich steckte das Käppi in die Tasche und ging weiter. Nach mehreren hundert Metern stieß ich auf die Fußabdrücke eines Menschen. Ich sah sofort, dass sie von einer Frau stammten, denn sie waren ziemlich klein. Erst war die Frau in Absatzschuhen am Wasser entlanggelaufen, aber bald hatte sie die Schuhe ausgezogen und ihren Weg in Strumpfhosen fortgesetzt. Nach einer weiteren Strecke hatte sich die Wanderin auch der Strumpfhose entledigt und sie weit von sich geschleudert, ich entdeckte sie am Rande des Dschungels.

Ich stopfte die Strumpfhose zu dem Käppi in die Tasche und folgte eilig den weiblichen Spuren. Es war, als wären mir neue Kräfte gewachsen, ich spürte keine Müdigkeit mehr.

Am Nachmittag traf ich die Frau.

Ich erinnerte mich, dass eine der Stewardessen brünett und die andere blond gewesen war, und hatte bereits überlegt, welche der beiden die Spuren im Sand hinterlassen haben mochte, jetzt sah ich, dass es die brünette gewesen war. Ich eilte im Laufschritt zu ihr.

Die Frau war zu Tode erschöpft. Sie lag am Ufer, das braune Haar im Sand, das Gesicht dem Dschungel zugewandt. Die Wellen spülten über ihren Po, aber sie schien sich nicht darum zu kümmern. Sie war weit mehr geschwächt als ich.

Ich stellte mich mit meinem Namen vor. Sie drehte den Kopf und lächelte schwach. Dann fragte sie leise: »Könnten Sie mir Wasser geben?«

Ich schleppte sie an den Rand des Dschungels, schöpfte mit den Händen Wasser und brachte es ihr. Sie trank gierig und schien sich ein wenig zu erholen, sie setzte sich auf, strich sich durchs Haar und lächelte. Dann sagte sie: »Ich heiße Cathy McGreen.«

Ich wusste nicht recht, was ich machen sollte. Ich hatte nichts, was ich der erschöpften Frau anbieten konnte, oder doch?! Ich zog das Käppi aus der Tasche und reichte es ihr. Sie wunderte sich, als sie es sah, stellte aber keine Fragen, sondern drückte es zurecht und setzte es auf.

Dann holte ich die Strumpfhose heraus und reichte sie ihr ebenfalls.

Plötzlich kam ich mir idiotisch vor und zog die Hand zurück, ich steckte die Strumpfhose wieder in die Tasche und stand auf. Ich wusste nicht, was schief gelaufen war, auf jeden Fall aber hatte ich mich wie ein Trottel benommen. Ich blickte aufs Meer und knetete die Strumpfhose in meiner Tasche in der Hand.

Die junge Frau sorgte geschickt dafür, dass sich die Situation entkrampfte. Sie sagte, dass es lieb von mir wäre, wenn ich ihre Strumpfhose weiter in der Tasche trüge, da ich einmal über eine solche verfügte. Dazu lächelte sie freundlich.

Ich schlug ihr vor, dass wir gemeinsam den Weg nach Osten

fortsetzten, und erzählte, dass ich bereits ziemlich weit in westlicher Richtung unterwegs gewesen war, aber niemanden getroffen hatte.

Ich half ihr beim Aufstehen, und dann gingen wir los. Obwohl sie sehr erschöpft war, konnte sie sich immerhin auf den Beinen halten. Wir schleppten uns über viele Stunden den Strand entlang. Ich trug ihre Rettungsweste und holte ihr hin und wieder in der hohlen Hand Wasser. Wir redeten nicht viel. Sie stützte sich beim Gehen auf mich, und so kamen wir vorwärts.

Es wurde Abend, und wir legten uns in den Sand. Der tropische Sternenhimmel strahlte über uns, aber wir hatten nicht die Kraft, ihn lange zu bewundern, sondern schliefen erschöpft ein.

Am Morgen setzten wir unsere mühselige Wanderung fort.

Wir waren bereits völlig entkräftet, als wir endlich auf Menschen trafen. Es waren viele, sie umringten uns, gaben uns Wasser, und irgendjemand steckte mir etwas in den Mund, wahrscheinlich Kekse. Dann trug man uns in den Schatten. Ehe ich einschlief, spürte ich, wie mir jemand die Hose herunterstreifte.

Am Nachmittag wurden wir geweckt und bekamen wieder zu essen. Wir waren die letzten der geretteten Flugzeuginsassen, wie man uns erzählte.

4

Am nächsten Morgen fühlte ich mich wieder hundeelend, der Hunger machte mir weiter zu schaffen. Trotzdem hatte sich die Situation im Vergleich zu den vergangenen Tagen gebessert, wir waren als Gruppe zusammen.

Wir waren insgesamt achtundvierzig Personen, sechsundzwanzig Frauen und zweiundzwanzig Männer. Man erzählte mir, dass zwei Passagiere bei der Havarie ums Leben gekommen waren: Eine schwedische Krankenschwester war von einem Hai zerrissen worden, und ein finnischer Waldarbeiter war an den Verletzungen gestorben, die er sich beim Aufprall in der Maschine zugezogen hatte. Die Überlebenden hatten ihre Leichen im Sand vergraben.

Wir hatten so gut wie nichts zu essen. Und auch keine Zigaretten. Lediglich Wasser konnten wir uns beschaffen, und das tranken wir Unglücklichen sehr nachdenklich.

Das Einzige, womit wir ausreichend versorgt waren, waren Rettungswesten. Sie lagen wie zum Verkauf im Sand aufgeschichtet. Es kam zu keinerlei organisiertem Handel. Ideen wurden geäußert, und natürlich kreiste die Unterhaltung ausschließlich um die Besorgnis erregende Ernährungssituation. Seit dem Absturz der Maschine waren immerhin schon mehrere Tage vergangen, und alle hatten sich mit fremdartigen Dschungelfrüchten und den eisernen Rationen des Rettungsfloßes begnügen müssen. Nur spärliche Reste waren noch übrig. Es sah nicht gut für uns aus.

Als ich fragte, wo das Flugzeugwrack war, erzählten mir mindestens zehn Leute auf einmal, dass es in der Nähe der Riffe auf dem Meeresgrund lag – und dass sich dort scharenweise Haie herumtrieben. Ich schlug vor, dass wir mit dem Rettungsfloß zu dem Wrack rudern und tauchen könnten, um Proviant heraufzuholen. Die Haie dürften jetzt, nach mehreren Tagen, längst weg sein.

Aber wie sollten wir mit dem Floß dorthin gelangen, wenn wir keine Ruder hatten?

So wurde weiter sinnlos hin und her geredet. Als ein finnischer

Arzt namens Vanninen vorschlug, dass wir aus unserer Mitte zwei, drei Personen zu Anführern wählen sollten, sprach ich mich ebenfalls dafür aus. Die Gruppe schloss sich dem an.

Gewählt wurden Doktor Vanninen, eine schwarzhaarige finnische Hebamme von etwa fünfzig Jahren, und der Dritte im Bunde war ich.

Wir drei zogen uns an den Rand des Dschungels zurück, um uns zu beraten. Die schwarze Hebamme erklärte sich bereit, eine kleine Gruppe zusammenzustellen und mit ihr auf Nahrungssuche in den Dschungel zu gehen. Vanninen und ich nickten zustimmend. Wir empfahlen ihr, jemanden mitzunehmen, der sich mit den Himmelsrichtungen auskannte, vielleicht den Navigator des Flugzeugs.

Die schwarze Hebamme brach mit etwa zehn Männern und Frauen auf. Wir gaben ihnen das kleine Beil aus dem Rettungsfloß mit, damit sie sich ihren Weg durchs Dickicht bahnen konnten.

Vanninen sagte zu mir, dass er ebenfalls der Meinung sei, wir sollten uns zu dem Wrack aufmachen.

»Dort drinnen sind Kanister mit Lunchportionen und noch vieles andere, was wir gebrauchen könnten, zum Beispiel medizinischer Bedarf und das Werkzeug der Waldarbeiter. Außerdem müssten dort auch ein paar Tonnen Milchpulver lagern, aber die sind bestimmt durchs Meerwasser unbrauchbar geworden.«

Er erzählte, dass das Wrack seines Wissens ziemlich dicht am Ufer lag, also diesseits der Korallenriffe, vielleicht zwei Kilometer vom Strand entfernt. Dort waren am Morgen nach der Rettung die Haiflossen gesichtet worden.

Wir beschlossen, trotz der Haie einen Versuch zu wagen. Unser Plan sah vor, dass wir zunächst die erforderlichen Geräte – Ruder und Paddel – anfertigten. Weil die in den Dschungel entsandte Gruppe unser einziges Beil mit sich führte, warteten wir auf ihre Rückkehr.

Die schwarze Hebamme und ihre Mitstreiter kamen nach zwei Stunden erschöpft zurück. Sie blickten unglücklich drein, ihre Gesichter waren verschwitzt und müde. Viel Essbares hatten sie nicht gefunden, nur ein paar Kokosfrüchte, eine Hand voll Wurzeln und eine grüne Schlange, deren Kopf sie platt gehauen hatten. Die Kleidung der Teilnehmer war zerrissen, und ihre Haut war von den Zweigen der Bäume aufgeschürft. Zwei Männer, finnische Waldarbeiter, sagten verbittert, dass solche Unternehmungen ihrer Meinung nach künftig unterbleiben konnten, denn das Ergebnis sei völlig für die Katz.

Die Schlange wurde über dem Feuer geröstet, die Früchte zerteilt, und die Wurzeln aßen wir pur. Schweigend verzehrten wir unsere Mahlzeit, ohne jede Spur von Andacht.

Nach dem Essen gingen Vanninen und ich mit ein paar Männern in den Dschungel, um passendes Holz für die Herstellung der Ruder zu suchen.

Wir benutzten den Pfad, den unsere Vorgänger gebahnt hatten. Drinnen im Dickicht war es fast dunkel. Allerlei bunte Vögel flatterten in den Zweigen herum, ihr lautes Gezwitscher begleitete uns. Als wir etwa einen halben Kilometer vorgedrungen waren, sahen wir über uns eine Gruppe Affen. Sie hatten sich neugierig versammelt, um unseren mühsamen Marsch zu beobachten, und dabei kreischten sie laut. Einige brachen Zweige von den Bäumen und bewarfen uns damit. Ein ziemlich feindseliger Empfang.

»Man müsste ein Elchgewehr haben«, knurrte Waldarbeiter Lakkonen und schielte zu den Tieren, die über ihm herumlärmten.

Die großen Bäume, ich hielt sie für Mangroven, waren so hart, dass unser kleines Beil nichts ausrichten konnte. Wenn man damit gegen die Stämme schlug, war es, als hätte man einen Witz erzählt.

Als wir uns hinsetzten, um auszuruhen, begann Lakkonen von seinem Cousin zu erzählen, der einst einen Affen nach Finnland mitgebracht hatte. Der Cousin war Erster Maschinist auf einem Öltanker gewesen und hatte seine Arbeit dort aufgeben müssen, da er seit einem Unfall gelähmt war. Er war also mit seinem Affen nach Kuusamo heimgekehrt und hatte hier dem Tier beigebracht, alles nachzumachen, was er selbst tat.

»Der Affe aß mit Messer und Gabel, wenn mein Cousin es tat, und wenn mein Cousin sich schlafen legte, ging auch der Affe ins Bett. Mein Cousin hatte ihm ein Lager im ehemaligen Kinderbett unserer Alina zurechtgemacht, und da lag das Vieh dann lang ausgestreckt, genau wie ein Mensch. Mein Cousin wollte für den Affen sogar einen kleinen Rollstuhl anschaffen, damit der genau wie er selbst damit umherfahren konnte. Aber dazu kam es nicht mehr, der Affe wurde nämlich von einem Lieferwagen überfahren. Mein Cousin begrub ihn in einem Menschensarg, er war fünfundneunzig Zentimeter lang. Auf einem richtigen Friedhof durfte mein Cousin ihn allerdings nicht bestatten, dabei hätte er ohne weiteres eine ganze Grabstelle gekauft. Ich kam auf die Idee, wenigstens eine Todesanzeige in die Zeitung zu setzen, und das taten wir dann auch. Ich weiß nicht mehr, was mein Cousin genau geschrieben hatte, aber jedenfalls kam ungefähr ein Dutzend Trauergäste zu uns ins Haus, weil sie gar nicht gemerkt hatten dass die Anzeige nicht einem Menschen, sondern einem Affen galt.«

Nach langem Umherirren stießen wir auf eine Palme, allerdings ohne Früchte, und diesmal erwies sich unser Beil als stark genug. Es dauerte eine Stunde, das Ding zu fällen, denn der

Stamm war ziemlich dick. Wir teilten ihn in drei Stücke und trugen ihn so zum Strand. Für den Weg brauchten wir fast zwei Stunden.

Herrje, das ging aufs Herz. Vanninen sagte, dass es kein Wunder wäre, wenn ein Mensch, der an geistige Arbeit gewöhnt ist, nach solcher Anstrengung einen Herzinfarkt bekommt. Bei diesen Worten sah er mich an, so als erwartete er, dass bei mir postwendend die Symptome auftreten würden.

Das geschah allerdings nicht.

Irgendjemand wusste zu berichten, dass sich Haie vor gelber Farbe fürchten und die Flucht ergreifen, wenn man reichlich Gelb im Meer verteilt. Allerdings konnte niemand die Information bestätigen, geschweige denn sagen, wie wir uns die gelbe Farbe beschaffen sollten.

Wir nahmen die Fertigung der Ruder sofort in Angriff. Es war eine mühselige Angelegenheit, und so sahen wir uns gezwungen, Gruppen einzuteilen, damit die ganze Nacht hindurch gearbeitet werden konnte. Zum Zubehör des Rettungsfloßes gehörte außer dem Beil ein starker Dolch, und der war uns jetzt von Nutzen. Wir holten uns aus dem Dschungel Brennholz, entzündeten mehrere Feuer, und die ganze Nacht hindurch dröhnten die Beilschläge am Strand.

Es war eine bemerkenswerte Stimmung: die tropische Nacht, wachende Menschen an Lagerfeuern, der sternklare Himmel, dazu die Geräusche des Dschungels ... Ich lag im Sand, eine Rettungsweste als Kopfkissen, und war am Einschlafen, als ich unsanft gestört wurde, weil die schwarze Hebamme zu mir kam und sagte, dass ich an der Reihe sei, das Beil zu schwingen. Ich ging mit ihr ans lodernde Feuer, und dabei registrierte ich, dass sie unterwegs die Hand auf meine Schulter legte, so wie es eine Mutter bei ihrem Kind tut.

Ich schnitzte eine Stunde lang an dem Ruder und bekam den linken unteren Teil des Blattes fertig. Dann wurde gewechselt. Der englische Navigator Keast übernahm verdrossen meinen Part, wenn ich seine Miene im Feuerschein richtig deutete.

Ich kehrte zu meinem Schlafplatz zurück, konnte ihn aber nicht wieder einnehmen, denn auf der Rettungsweste schlummerte eine Krankenschwester oder Hebamme, und ich mochte sie, Frau oder junges Mädchen, wie sollte ich das in der tropischen Finsternis erkennen, nicht aufwecken.

Der Morgen brach an. Der Hunger setzte allen Leuten mächtig zu. Vollkommen entkräftet wankten sie durch den Sand, kauten auf bitteren Wurzeln herum und spuckten gereizt die Fasern aus.

Mein Frühstück bestand aus einigen Schluck Wasser, warm, wie immer, jedenfalls nicht zum Gurgeln geeignet. Die Frauen waren am Strand mit der Morgenwäsche beschäftigt. Sie kämmten sich, betrachteten sich im Spiegel. Viele hatten, außer ihrem eigenen Leben, auch ihre Handtasche gerettet, Puder legten sie trotzdem nicht auf. Das Meerwasser hatte vermutlich den Inhalt der Dosen unbrauchbar gemacht.

»Schrecklich, ich habe meine Tage, und sämtliche Sachen sind verdorben«, hörte ich ein junges Mädchen klagen.

Das Beil und der Dolch waren die ganze Nacht im Einsatz gewesen. Das Ergebnis war, in Anbetracht der Umstände, erfreulich: Wir hatten zwei lange Ruder und ein kürzeres Paddel hergestellt. Die Ruder waren je drei, das Paddel anderthalb Meter lang. Das Beil war ziemlich abgestumpft, ebenso all jene, die damit gearbeitet hatten.

In die Besatzung des Rettungsfloßes wurden Doktor Vanninen, zwei Waldarbeiter und Flugkapitän Taylor gewählt. Letzterer erzählte, dass er in Aden zur Welt gekommen sei, wo seine Eltern gelebt hatten, als die Briten zum Schutz des Suez ihre Luftwaffe im Ort stationiert hatten.

»In Aden habe ich schwimmen gelernt«, sagte er. »Mein Vater war Garnisonschampion, obwohl er ein kurzes Bein hatte. Er sagte immer, dass das beim Schwimmen von Vorteil ist, weil man besser die Richtung halten kann.«

Das Gummifloß wurde unter allgemeiner Anteilnahme ins Meer gestoßen. Die Besatzung bekam viele gute Wünsche mit auf den Weg.

So fuhren diese vier vom Hunger gezeichneten Helden aufs Meer hinaus, sie ruderten gleichmäßig, kämpften unverdrossen gegen die Wellen an.

Ich muss wohl nicht extra sagen, dass unser aller Herzen mit den vier Männern waren. Wir wünschten, dass das Schicksal ihnen gnädig sei, und, falls das nicht möglich sein sollte, es wenigstens das Gummifloß wieder ans Ufer zurückbringen möge, denn es war unser wertvollster Besitz.

Die schwarze Hebamme hatte eine Liste der Überlebenden des Flugzeugunglücks angefertigt. Sie hatte unsere Anzahl als eine Art Verpflegungsstärke auf einem Zellstofftaschentuch notiert, es war ihr nämlich wie durch ein Wunder gelungen, mehrere davon trocken zu retten. Das Verzeichnis sah in seiner Gesamtheit folgendermaßen aus:

14 schwedische Krankenschwestern

10 finnische Hebammen

2 norwegische Ärzte

1 finnischer Arzt

1 englischer Pilot

1 englischer Steward

2 englische Stewardessen

2 englische Copiloten
10 finnische Waldarbeiter
2 finnische Mechaniker
2 finnische Forstmeister
1 finnischer Journalist
Insgesamt 26 Frauen
22 Männer bzw. 48 Personen

Zwei Passagiere waren ums Leben gekommen. Krank waren sieben, und ich mit meinen gebrochenen Rippen war der achte. Ich fühlte mich zwar schon besser, aber der Hunger setzte mir zu.

Wir standen mit der schwarzen Hebamme am Ufer und beobachteten das Gummifloß, das auf dem Meer schaukelte. Die Ruderer hatten es schon bis dicht an die Riffe geschafft. Die schwarze Hebamme sagte: »Oh, wenn ihnen nur nichts zustößt!«

5

Das ganze Lager starrte gebannt aufs Meer. Das Floß stoppte, und einer der Männer stand auf und entledigte sich seiner Kleidung. Dann tauchte er in die Wellen, und die anderen hielten das Floß an Ort und Stelle.

Der Taucher blieb eine Weile weg und kletterte dann wieder auf das Floß. Nun zog sich ein anderer Mann aus und tauchte ins Wasser. So ging es lange Zeit weiter. Wir waren schon ganz geblendet davon, ständig aufs Meer zu starren.

Der norwegische Arzt Kristiansen unterhielt sich mit den schwedischen Krankenschwestern.

»Vor sechs Jahren, bei einem meiner Besuche zu Hause in Narvik, fand dort im Fjord ein Kanurennen statt. Der Fjord ist tief und lang, und wir verfolgten das Rennen vom Hang des Berges, die Entfernung war ungefähr die gleiche wie hier. Acht Mannschaften und fast dreißig Kanus nahmen teil. Das Kanu, das in Führung lag, stoppte plötzlich, und die anderen fuhren vorbei. Der Mann in dem Kanu stand auf und zog sich nackt aus. Dann tauchte er ins Wasser, und sein Kanu schaukelte in der Bahn vor sich hin. Der Mann blieb lange weg, und die Leute dachten schon, er taucht gar nicht wieder auf. Man hatte bereits ein Rettungsboot losgeschickt, da kam der Mann wieder an die Oberfläche, er schwamm zu seinem Kanu, stieg ein und paddelte schnell weiter. Er war weit zurückgefallen, aber er legte ein höllisches Tempo vor. An der Wendestelle hatte er bereits die letzten Boote eingeholt, und er beschleunigte noch mehr. Er paddelte völlig nackt.

Als die Teilnehmer sich dem Ziel näherten, lag der Taucher schon auf dem dritten Platz. Wäre die Strecke noch ein bisschen länger gewesen, hätte er gewonnen, obwohl er zwischendurch pausiert hatte. Alle Leute rannten auf den Steg, und auch jede Menge Journalisten warteten schon, um Fotos zu schießen. Niemand kümmerte sich um den Sieger oder den Zweitplatzierten. Der Taucher freute sich wahnsinnig über seinen dritten Platz und vergaß völlig, sich anzuziehen, er kletterte so, wie er war, auf den Steg. Am nächsten Tag war sein Bild in allen Zeitungen, auch die Osloer Blätter zeigten den nackten Mann. Als man ihn fragte, warum er getaucht war, sagte er, dass mitten im Wettkampf seine automatische Armbanduhr ins Wasser gefallen war und dass er sie hatte zurückholen wollen. Weit unten hatte er sie erwischt. Der Fjord vor Narvik ist so tief, dass er die Uhr nicht mehr gekriegt hätte, wenn sie bis auf den Grund gesunken wäre. Wenn es eine Taschenuhr gewesen wäre, so sagte der Mann, wäre es sinnlos gewesen zu tauchen. Eine Armbanduhr sinkt halb so schnell, weil ein Lederarmband daran ist.«

Wir blickten wieder aufs Meer. Auch dort wurde weiter getaucht. Es schien, als ginge alles gut.

Inzwischen war am Ufer ein Streit entbrannt. Es gab Meinungsverschiedenheiten, welche Sprache offiziell in der Gruppe gesprochen werden sollte.

Den Streit hatte eine schwedische Krankenschwester vom Zaun gebrochen, die es offenbar satt hatte, dauernd Finnisch zu hören. Sie erklärte, dass es für den Rest der Leute unzumutbar sei, sich nur wegen der zahlenmäßigen Mehrheit der Finnen tagtäglich deren Sprache anhören, geschweige denn diese sprechen zu müssen. Besser wäre es, Schwedisch, Norwegisch oder gegebenenfalls Englisch zu wählen.

Die finnischen Waldarbeiter reagierten gereizt auf diese sprachpolitische Stellungnahme und machten der Frau eines klar: Falls sie und ihre Landsmänninnen an diesem Strand schwedisch plappern wollten, dann gefälligst so leise, dass es zumindest die Finnen nicht hörten.

Der britische Copilot Reeves bemerkte, dass die Wahl der gemeinsamen Sprache ohne weiteres auf einen späteren Zeitpunkt verschoben werden könnte. Statt zu streiten, sollten wir lieber ein paar Leute auf Nahrungssuche in den Dschungel schicken.

Die anderen reagierten abweisend auf den Vorschlag. Aber als die schwarze Hebamme und ich uns ebenfalls dafür aussprachen und dies auch auf Schwedisch zum Ausdruck brachten, fanden sich genügend Freiwillige.

Die Gruppe machte sich auf den Weg in den Dschungel. Wir, die wir zurückblieben, versahen sie mit unseren hungrigen Wünschen.

Während der ganzen Zeit war die Besatzung des Floßes fleißig ins Meer getaucht. Endlich zogen sich die Männer wieder an und kamen zurück. Nach fünfzehn Minuten stieß das Floß ans Ufer. Wir alle, die wir ausgehungert warteten, rannten hin, zogen das Floß auf den Strand und machten uns über die Ladung her: Plastikkisten, ein Bündel Elektrokabel, ein Flugzeugsitz.

Die Plastikkisten enthielten den abgepackten Lunch für die Passagiere. Wir trugen die großen Behälter eilends an den Strand, es waren insgesamt dreiundzwanzig Stück.

»Die retten zumindest vorläufig unser Leben«, sagte Vanninen.

Wir beschlossen, ein Drittel der Kisten zu öffnen, die restlichen vergruben wir im Sand. Und von dem ersten Drittel, das wir verzehren wollten, würden wir einen entsprechenden Teil für die Leute beiseite legen, die in den Dschungel gegangen waren.

Die heruntergebrannten Lagerfeuer wurden schleunigst wieder entfacht, die Kisten geöffnet. Die abgepackten Portionen bestanden aus Brathähnchen, Gemüse und Pommes frites. Weil die Verpackung wasserdicht war, war das Essen völlig in Ordnung. Oh, welche Freude!

Wir aßen das Hühnerfleisch fast mit Haut und Knochen.

Einige aßen ihre Portion langsam, jeden Bissen genießend. Aber viele andere waren zu hungrig, um die Mahlzeit genießen zu können. Sie bissen große Fleischstücke ab, schlangen sie ohne zu kauen hinunter, und bald war ihre Portion verzehrt. Zwei Frauen, die als Erste fertig waren, schnappten sich plötzlich die Hühnerkeulen ihrer Nachbarn und rannten mit der Beute in den Dschungel. Sie versteckten sich im Dickicht und verschlangen das entwendete Fleisch.

Es war wie ein Signal. Die Menschen am Strand gerieten außer Rand und Band: Sie schluckten rasch ihr Essen hinunter, und der Streit um die Reste begann. Es waren hitzige Momente. Um die Feuer lagen noch Portionen, aber gierige Hände griffen danach, viele gleichzeitig, und so kam es, dass das Essen, außer in den falschen Mägen, auch im Sand verschwand, niedergetrampelt in der ganzen Hektik.

Ich ergriff einige der übrig gebliebenen Essensportionen und rannte eilig in den Dschungel. Ich hörte, wie Vanninen am Strand mit wütender Stimme rief:

»Diesen Rest rührt ihr nicht an!«

Dassselbe rief er auch auf Schwedisch und Englisch.

Ich ahnte, dass die tobende Meute in ihrem Hunger und ihrer Erregung versuchte, die Reservekisten aus dem Sand zu graben.

Ich lehnte mich atemlos an einen Baum, den Arm voll heißem Hühnerfleisch, und kam erst zu mir, als ich hinter mir Stimmen hörte. Die ausgesandte Expedition kam verschwitzt von ihrer Tour zurück.

Die Leute, die im Gänsemarsch gingen, machten vor mir Halt und fragten mich in scharfem Ton, wie ich zu den Delikatessen komme.

Ich erwiderte, dass ich so viel gerettet hatte, wie ich konnte. Dann erzählte ich kurz, was geschehen war, und gab den vom Hunger geschwächten Leuten das Hühnerfleisch. Sie glaubten mir.

Wir wanderten durch das Dickicht zum Strand zurück. Dort befand sich Vanninen in einer prekären Situation, er war umringt von einer völlig außer Kontrolle geratenen Horde, am wildesten gebärdeten sich die Frauen.

Unser überraschendes Auftauchen hatte eine nachhaltige Wirkung. Der Tumult endete abrupt.

Die Frauen und Männer, die Vanninen umringt hatten, gingen leise, schamhaft auseinander. Einige zogen sich an den Rand des Dschungels zurück, andere versuchten ihr Verhalten zu verteidigen. Vanninen seufzte müde:

»Es war hart an der Grenze.«

Ich dachte bei mir, wie verkommen die westliche Lebensweise doch war, zumindest was die Essgewohnheiten betraf.

Die gefährliche Situation war damit vorbei. Auch die Schamhaftesten kamen schließlich wieder an den Strand. Vanninen, die schwarze Hebamme und ich verteilten das letzte Hühnerfleisch an die Dschungelexpedition. Wir stellten fest, dass zwar Brathähnchen in den Sand getreten worden waren, sich der Schaden aber dennoch in Grenzen hielt.

Die Teilnehmer der Dschungelexpedition aßen müde, waren aber ziemlich zufrieden mit ihrem Ausflug. Dazu hatten sie auch allen Grund, denn sie hatten fast zehn große Frösche und drei grüne Schlangen gefangen, außerdem brachten sie große Mengen Wurzeln und zwei Arm voll Früchte mit. Eine wirklich gute Ausbeute!

Als auch die Letzten gegessen hatten, suchte sich jeder einen Ruheplatz. Es war bereits Mittag, also hatten wir uns ein Schläfchen verdient. Zum ersten Mal konnten wir uns in diesem Erdenwinkel gesättigt zur Ruhe legen.

6

Mir fällt ein, dass der Leser vielleicht wissen möchte, wer diese knapp fünfzig Personen waren und welche Aufgaben sie ursprünglich gehabt hatten.

Wie ich vor dem Absturz vom Steward erfahren hatte, war die Maschine für den Flug von der UNO gechartert und halb für den Passagier- und halb für den Frachttransport eingerichtet worden. Die FAO, die Landwirtschaftsorganisation der UNO, und die Weltgesundheitsorganisation WHO hatten für ihre Entwicklungsprojekte Leute aus Skandinavien angeworben, die bereits erwähnten Waldarbeiter und medizinisches Personal. Die Waldarbeiter hatten in den inneren Teilen Indiens die industrielle Abholzung in Gang bringen, vor allem aber Einheimische an die entsprechenden Aufgaben heranführen und so den Grundstock für die Holzmassenindustrie des Landes legen sollen. Ihr Einsatz war auf ein Jahr angelegt gewesen.

Das medizinische Personal war ebenfalls nach Indien und zu dessen neuem Nachbarn Bangladesch unterwegs gewesen. Die schwedischen Krankenschwestern hatten sich auf die indische Halbinsel verteilen sollen, um ihre dortigen Berufskolleginnen in der Ausbildung zu unterstützen, und die finnischen Hebammen hatten die Frauen in Bangladesch in der Geburtenregelung unterweisen sollen. Für diesen Zweck hatte das Flugzeug mehrere Millionen kupferner Verhütungsspiralen geladen, hergestellt von der finnischen *Outokumpu OY*, außerdem einige Millionen Pillen für jene Frauen, die die Dinger zu essen wagten und die bis dreißig zählen konnten. Und die Ärzte, der Finne Vanninen und die beiden Norweger, hatten die ganze Aktion leiten sollen. Vanninen hatte sich mit einem der Norweger in Bangladesch niederlassen sollen, der andere Norweger irgendwo in der Nähe von Kalkutta. Als Einsatzdauer für die Ärzte und Schwestern waren zwei Jahre vorgesehen gewesen. Man kann nur bedauern, dass die britische Maschine abgestürzt war, denn tausende, womöglich Millionen ungewollter Schwangerschaften würden die Folge sein. Und gar die indische Holzmassenindustrie – wie würde sich das Ereignis wohl auf ihre Entwicklung und internationale Konkurrenzfähigkeit auswirken?

Die Maschine hatte zunächst nach Australien fliegen sollen, um zusätzliche Fracht aufzunehmen, und dann weiter über den Indischen Ozean bis nach Neu Delhi. Ich wäre in Australien ausgestiegen, um eine Reportage über die gierigsten Biertrinker der Welt und andere frustrierte Bewohner des neuen Kontinents zu machen.

Die britische Besatzung war natürlich im Auftrag ihrer Fluggesellschaft an Bord gewesen, und wie Kapitän Taylor sagte, bedeutete der Absturz zumindest für ihn persönlich eine relativ geringe Abweichung von seinen Plänen. Er hatte nämlich vorgehabt, gleich nach seiner Heimkehr – er wohnte in London – einen Monat Urlaub zu nehmen und diesen zusammen mit seiner Familie in irgendeiner schönen tropischen Gegend zu verbringen. Taylor konstatierte, dass er nun auf seine Familie verzichten musste, und leider auch auf gute Unterbringung und gutes Essen nebst Alkohol, gar nicht zu reden von den guten Zigarren, die er nur im Urlaub zu rauchen pflegte, denn bei der Arbeit legten sie sich auf den Atem, und das passte nicht zu den berühmten Trident-Kapitänen.

Am Nachmittag, nach dem wilden Lunch, kam die schwarze Hebamme zu mir, sie wirkte irgendwie unruhig. Als ich sie fragte, was sie bedrückte, sagte sie, dass die schwedischen Krankenschwestern ein lutherisches Begräbnis verlangten. Bei der Havarie waren ja zwei Personen ums Leben gekommen, und ihre sterblichen Überreste waren am Tag nach dem Unglück im Sand vergraben worden. Nun behaupteten die Schwedinnen, dass die beiden Toten anständig zur Ruhe gebettet werden müssten; sie waren in aller Eile verscharrt und nicht richtig ausgesegnet worden.

Ich rief nach Vanninen, erzählte ihm die Sorgen der schwarzen Hebamme und sagte ihm auch gleich meine Meinung dazu: dass das Ausgraben der Toten und die Durchführung eines Begräbnisses eine aufwändige und sicher in gewisser Weise auch groteske Angelegenheit sein und dass dabei schwerlich eine andächtige Stimmung entstehen könnte.

Vanninen ging zu den Schwedinnen, um mit ihnen zu diskutieren. Sie hatten aus ihrer Mitte eine Art Wortführerin, eine gewisse Frau Sigurd, gewählt. Diese war fast fünfzig Jahre alt und sprach ausschließlich schrilles Reichsschwedisch. Sie war es übrigens auch gewesen, die unlängst verlangt hatte, dass an unserem unglücklichen Strand nicht einmal unter den Finnen finnisch gesprochen werden dürfte.

Vanninen versuchte den Schwedinnen klar zu machen, dass die Leichen bestimmt schon stark verwest seien und dass es äußerst bedenklich sei, sie wieder auszugraben. Die Schwedinnen hielten dagegen und sagten, dass sich die Leichen in den paar Tagen noch nicht so sehr verändert haben dürften und dass es außerdem eine weit größere Sünde wäre, sie dort so unwürdig verscharrt liegen zu lassen, als ihre sterbliche Hülle, und sei sie auch ein wenig verwest, richtig zur Ruhe zu betten. Vanninen sagte, dass über solche Dinge im Allgemeinen die Angehörigen und die jeweilige Kirchgemeinde entschieden, hier jedoch keine der beiden Parteien anwesend sei. Darauf sagten die Schwedinnen, dass es ihre Aufgabe sei, die Angehörigen zu ersetzen, da man diese auf Grund der Umstände nicht informieren könne.

Nun gesellte sich der finnische Waldarbeiter Lakkonen dazu, der jahrelang in Nordschweden im Forst gearbeitet hatte; er sagte:

»Hört zu, Weiber. Ich finde es viel wichtiger, Futter ranzuschaffen und von dieser verfluchten Insel wegzukommen, als Tote auszubuddeln. Mit der vom Hai angefressenen Frau könnt ihr meinetwegen machen, was ihr wollt, aber Mikkolas Leiche rührt ihr nicht an!«

Frau Sigurd war entrüstet. Sie bezeichnete Lakkonen als Leichenschänder, der nicht das Recht habe, mit brutaler männlicher Gewalt durchzusetzen, dass dem verstorbenen Mikkola die gebührende lutherische Höflichkeit, der letzte Dienst vorenthalten würde.

Lakkonen regte sich seinerseits auf und sagte, dass Mikkola zumindest noch beim Abflug aus Japan ein rechtschaffener Kommunist gewesen sei und nicht der Kirche angehört habe, was übrigens auch auf ihn selbst zutreffe, und demzufolge bleibe Mikkolas Kadaver ein für alle Mal da liegen, wo er, Lakkonen, und die anderen Männer ihn eingegraben hätten, damit basta. »Verrücktes Weib, vielleicht sollte man dich zur Abkühlung mal ins Meer schmeißen.«

Vanninen und ich baten Lakkonen, sich zu entfernen, nachdem wir ihm versprochen hatten, dass die Leiche des finnischen Mechanikers nicht umgebettet werden würde.

Somit blieb das Problem mit der verstorbenen schwedischen Krankenschwester. Frau Sigurd forderte in noch schärferem Ton, dass zumindest ihre Kollegin erneut bestattet werden müsse.

Ich gab zu bedenken, dass wir, selbst wenn wir es tun würden, keinen lutherischen Pastor zur Verfügung hatten. Widersprach es nicht allen guten Sitten, wenn ein Laie kirchliche Handlungen vornahm, für die er nicht die entsprechende Ausbildung und Weihe empfangen hatte?

Frau Sigurd wies diese juristisch-theologischen Bedenken zurück und sagte kalt, dass sie und ihre Landsmänninnen sehr wohl im Stande seien, auf Schwedisch einen Psalm zu singen, und das müsse unter diesen Bedingungen genügen.

Ich sah deutlich, dass sowohl die schwarze Hebamme als auch Vanninen allmählich genug hatten von dieser grotesken Diskussion. Vanninen machte einen Kompromissvorschlag, um sich selbst und uns weiteren Streit zu ersparen.

»Wir könnten so verfahren, dass ihr Schwedinnen euch um die erneute Bestattung eurer Landsmännin kümmert, die allerdings bereits nächste Nacht erfolgen muss. Auch muss der neue Grabplatz in gebührender Entfernung vom Lager sowie in ausreichender Tiefe liegen – es besteht nämlich Grund zu der Annahme, dass eine so böse zugerichtete Leiche gefährliche Krankheiten verbreitet. Und wir gestatten keine Anfertigung eines Sarges, ebenso können wir auch keine Schwimmwesten zum Einhüllen der Toten herausgeben.«

Unter leisem Murren willigte Frau Sigurd in Vanninens Vorschlag ein und wies ihre Mitstreiterinnen an, eine Grube auszuheben.

Aber es gab keinen Spaten.

Von weitem beobachteten wir, dass es in der schwedischen Gruppe fast zum Bruch gekommen wäre: Die jüngsten Mitglieder, noch junge Mädchen, wollten sich Frau Sigurds religiösem Vorhaben entziehen. Aber mit harter Hand holte sie die Widerspenstigen wieder in die fromme Gemeinschaft zurück.

Frau Sigurd nahm sich das breite Paddel aus dem Rettungsfloß, schärfte eigenhändig die Spitze und führte dann ihre etwas verlegenen Landsmänninnen in den Dschungel. Der norwegische Arzt Olsen trat zu Vanninen und sagte kopfschüttelnd:

»Ich glaube, dass uns diese Frau noch einigen Ärger machen wird.«

Um Mitternacht sangen im Dschungel junge Schwedinnen, von Insekten geplagt, mit schönen Stimmen einen Psalm neben den sterblichen Überresten ihrer zerfetzten Schwester. Von dieser ehemals so hübschen jungen Frau waren grässliche Gerüche ausgegangen, als ihre sterbliche Hülle spätabends an uns vorbeigetragen worden war.

Eigentlich widerstrebt es mir, von dem Ereignis zu berichten, das mir immer noch völlig aberwitzig vorkommt. Ich werde wahrscheinlich weder die Gerüche, die bei diesem besonderen Begräbnis auftraten, noch die Tatsache jemals vergessen, dass eine Hand der Toten von der provisorischen Bahre fiel, als diese an unserem glimmenden Feuer vorbeigetragen wurde. Ich stand instinktiv auf und hob die vom Hai abgebissene Hand aus dem Sand auf, um sie sofort wieder fallen zu lassen, denn sie war schlaff, stank und wimmelte von Fliegen. Frau Sigurd setzte wütend ihre Ecke der Trage ab, hob die Hand auf und legte sie zu den anderen Körperteilen der Toten. Gleichzeitig warf sie mir einen vernichtenden Blick zu – von dem Moment an wusste ich, dass mich diese Frau hasste.

Ich rannte ans Wasser, um meine Hände zu waschen, ich rieb sie mit Sand ab, bis sie ganz rot waren, und erst da bemerkte ich, wie taktlos ich mich benommen hatte. Mir war übel, aber ich übergab mich wenigstens nicht – ich glaube, wenn mir das passiert wäre, hätte mich Frau Sigurd in Stücke gehackt, und ich hätte Mechaniker Mikkonen oder der toten Schwedin Gesellschaft leisten müssen.

In dieser Nacht sangen die Zikaden so wie sonst, aber nicht allein. Entfernter schwedischer Gesang mischte sich hinein, und wir alle, die wir am Strand lagen und der Beerdigung ferngeblieben waren, konnten kaum schlafen. Erst am Morgen war das Grab zugeschaufelt, und die müden Lutheranerinnen kamen zurück, um sich auszuruhen. Zum ersten Mal waren bei uns Nationalitäten- und Religionsgrenzen sichtbar geworden.

7

Am Tag nach dem schwedischen Begräbnis schickten wir eine zweite Mannschaft mit dem Rettungsboot zum Flugzeugwrack. Ihr gelang es, die restlichen Lunchpackungen und einen durchnässten Sack mit Milchpulver heraufzuholen. Unsere Verpflegungssituation war – dank strenger Rationierung – zumindest für die nächsten zwei, drei Tage befriedigend. So konnten wir Unglücklichen ein wenig aufatmen und uns dem Gedanken an unsere Rettung aus diesem verlassenen Erdenwinkel widmen.

Wir schickten vierköpfige Gruppen zu Erkundungen in die Umgebung aus: je eine in beide Richtungen des Strandes und zwei in den Dschungel. Die beiden letzteren wurden mit dem Beil beziehungsweise mit dem Dolch ausgestattet. Wir vereinbarten, dass jede Gruppe einen ganzen Tag lang in ihre jeweilige Richtung marschieren und am nächsten Tag zurückkehren solle.

Den Teilnehmern wurde eingeschärft, sich auf keinen Fall irgendeiner zusätzlichen Gefahr auszusetzen, sondern in erster Linie zu versuchen, am Leben zu bleiben und Erkenntnisse über die Gegend zu sammeln. Jede Gruppe bestand aus drei Männern und einer Frau.

Alle anderen blieben am Strand, um ein provisorisches Lager einzurichten. Auch ich gehörte dazu, und ich muss sagen, ich war froh darüber, denn ich hatte immer noch Schmerzen in der Brust.

Im Lager gab es genug zu tun. Unter einem Schutzdach lagen acht Kranke, die wir nach besten Kräften pflegten. Zwei junge Mädchen hatten irgendwelche Probleme mit den inneren Organen, ein Waldarbeiter hatte sich den Kopf verletzt, er musste wegen einer offensichtlichen Gehirnerschütterung in Sitzstellung ausharren, und drei arme Kerle hatten sich Gliedmaßen gebrochen, bei zweien war es das Bein und beim dritten der Oberarm. Sie hatten Schmerzen, und in der feuchten Luft scheuerten die aus den Rettungswesten zusammengebastelten Schienen. Die übrigen Verletzten hatten Prellungen am Körper und litten nicht ernsthaft. Keines der Opfer des Absturzes war in so schlimmem Zustand, dass man von Lebensgefahr hätte sprechen müssen.

Kurz und gut, die Kranken wurden behandelt, an Pflegepersonal und Ärzten mangelte es uns ja nicht, nur Material fehlte.

Wir schleppten außerdem reichlich Abfallholz aus dem Dschungel an den Strand und zündeten zur Nacht Feuer an, weil wir hofften, dass irgendein einheimischer Pilot sie bemerken würde und fragen käme, wie er uns helfen konnte. Doch es tauchte niemand auf, obwohl die Feuer die ganze Nacht hindurch brannten.

Aus Rettungswesten, die wir auseinander rissen, bauten wir provisorische überdachte Schlafplätze. Hin und wieder regnete es nämlich, und obwohl das Wasser, das vom Himmel kam, warm war, war die Berieselung doch auf die Dauer nicht angenehm, sie war nicht im Entferntesten mit der kühlen Dusche zu vergleichen, die man nach einem heißen Tag im Badezimmer des Hotels nimmt.

Bei all diesen Verrichtungen verging die Zeit wie im Flug, und wir waren geradezu überrascht, als nach zwei Tagen die erste Patrouille zurückkehrte. Es war die Gruppe, die den Strand in östlicher Richtung hatte erkunden sollen, und die Teilnehmer waren tatsächlich zwei Tage lang durch den Sand gewandert. Etwas Besonderes hatten sie nicht gesehen. Wie sie berichteten, war der Strand stellenweise breit, stellenweise reichte der Dschungel aber auch bis ans Meer. Es gab viele Buchten und hier und da ein Riff. Also keine nennenswerten Erkenntnisse.

Die zweite Gruppe war nach Westen unterwegs gewesen, also in die Richtung, in die ich anfangs geirrt war. Auch sie war auf keine Spuren von Menschen gestoßen. Die Teilnehmer erzählten allerdings, dass dort der Dschungel etwas lichter gewirkt hatte und dass dort möglicherweise Kokosbäume wuchsen. Sie hatten außerdem eine große Meeresschildkröte und zahlreiche weitere Spuren dieser Tiere gesehen. Die Nachricht von der Existenz der Schildkröten erfreute uns.

Eine der Dschungelexpeditionen kehrte spätabends zurück. Sie brachte jede Menge Früchte und zwei Wildschweinfrischlinge mit, fast noch Neugeborene. Die vier Leute erzählten aufgeregt, wie sie versucht hatten, eine große Bache zu fangen, was ihnen aber misslungen war. Die Bache hatte den frechen Eindringlingen jedoch ihren Wurf zurücklassen müssen. Einen der Frischlinge hatten die Jäger bereits aufgegessen, und zwei brachten sie abgehäutet ins Lager mit (diese Gruppe hatte den Dolch bei sich gehabt). Wir steckten die Frischlinge auf Spieße, rösteten sie über dem Feuer und verzehrten sie im Nu. Leider hatten wir kein Salz. Jeder bekam einen guten Batzen von dem Fleisch ab.

Die letzte Gruppe hingegen blieb aus. Wir fürchteten, dass sie in Schwierigkeiten geraten war. Die Furcht war nicht ganz unbegründet, denn es stellte sich heraus, dass der Gruppe ziemlich tief im Dschungel eine Giftschlange begegnet war, die den finnischen Mechaniker in die Brust gebissen hatte. Das Ergebnis war schrecklich gewesen: Der Mann hatte eine schlimme Vergiftung bekommen, und die ganze Gruppe hatte ihn länger als einen Tag lang beleben und betreuen müssen, bis er wenigstens so weit gekräftigt war, dass er mit den anderen den Rückweg antreten konnte. Die junge schwedische Krankenschwester, die zur Gruppe gehört hatte, hatte sämtliche Tricks angewandt, sogar die Wunde besprochen, und ihr war es anscheinend zu verdanken, dass er überlebt hatte. Ansonsten brachte die Gruppe kaum andere Erkenntnisse mit als die, dass im Dschungel anscheinend keine Menschenseele zu finden war.

So ist es in den Tropen.

Ich erkundigte mich bei den Gruppen, ob sie unterwegs Steine gesehen hatten.

Die Dschungelgruppen erzählten, dass der Untergrund ganz unterschiedlich sei, hier das blanke Wasser, dort harter Boden, und alles bedeckt von einer dicken, schwarzen und wässerigen Schicht abgestorbener Pflanzen. Steine gebe es dort also vermutlich auch, man müsse nur danach suchen.

Ich sagte, dass beim nächsten Mal jemand aus dem Dschungel oder vom Strand einen größeren, glatten Stein mitbringen solle. Damit könnten wir das Beil und den Dolch schärfen, die mittlerweile ihren Sommerschliff hatten, also stumpf geworden waren. Aber schließlich herrschte ja auch Sommer.

8

Vanninen untersuchte meine Brust und erklärte, dass ich wiederhergestellt sei. Ich protestierte schwach und sagte, dass ich noch Schmerzen habe, wenn ich tief atmete. Der Arzt erwiderte leichthin, dass das dazugehöre und nicht gefährlich sei.

Das Ergebnis der Untersuchung bedeutete, dass ich als gesund galt, und so wurde ich in die Besatzung des Gummifloßes gewählt. Wir beschlossen nämlich, erneut einen Ausflug zum Wrack zu machen. Zwei Waldarbeiter, Lämsä und Lakkonen, sowie der norwegische Arzt Olsen kamen außerdem noch mit. Nach dem Absturz des Flugzeugs war bereits gut eine Woche vergangen, und der Proviant wurde wieder knapp. Wir schoben das Floß ins Wasser und ruderten zum Wrack.

Das Wasser war wunderbar klar, man konnte deutlich den Grund sehen, obwohl es stellenweise bis zu zwanzig Meter tief war. Wenn die Wellen nicht die Oberfläche aufgewühlt hätten, hätte man ausgezeichnet das Leben unter Wasser beobachten können. Unmittelbar unter den Wellen wimmelte es von Scharen bunter kleiner Fische, und ab und zu erkannte ich auf dem Grund auch größere Schatten. Haie sahen wir nicht. Der Meeresgrund war farbig, und wir vermuteten, dass dies die in den Erdkundebüchern erwähnten Korallen waren.

Weiter draußen schäumte der Ozean, dessen riesige Wellen sich an den Korallenketten brachen. Das Tosen klang Furcht erregend. Wassersäulen stiegen hoch auf, weißer Schaum spritzte in die Luft. In den Pausen ließen sich Meeresvögel auf den Riffen nieder und flogen würdevoll wieder auf, wenn eine neue Welle über ihren Sitzplatz hinwegspülte.

Nach langem Geschaukel erreichten wir das Gebiet, wo die Maschine liegen musste. Wir ruderten einen weiten Kreis, um sie zu orten. Lange mussten wir nicht suchen, denn sie war schon von weitem zu erkennen. Das Sonnenlicht spiegelte sich in ihren Metallflanken, bei den Wellenbewegungen auf der Wasseroberfläche verzerrten sich ihre Formen jedes Mal eigenartig.

Wir paddelten hin, brachten unser Floß genau über der Stelle in Position und betrachteten eine Weile das Ungetüm. Es lag in etwa fünfzehn Metern Tiefe auf dem Meeresgrund. Wenn das Seitenruder aufgerichtet gewesen wäre, hätte es fast aus dem Wasser geragt, so flach war die Stelle.

Die Maschine war schwer beschädigt. Das Seitenruder war abgebrochen, wahrscheinlich vom Wellengang oder von den Meeresströmungen. Der Rumpf war größtenteils unversehrt, in der

Mitte schien er allerdings verbogen oder gebrochen zu sein. Eine Tragfläche fehlte, die andere war ebenfalls fast völlig abgerissen und lag jetzt am Rumpf an wie der Flügel eines schlafenden Vogels. Das Cockpit war zusammengedrückt. Das Wrack lag leicht auf der Seite, und das Cockpit zeigte zum offenen Meer, zu den wellenumtosten Riffen. Bis dorthin mochten es etwa zweihundert Meter sein. Bei uns in der Lagune waren die Wellen nur klein, kleiner als am Strand.

Es bereitete uns kaum Probleme, das Gummifloß über dem Wrack zu halten.

Wir sahen keinen einzigen Hai, obwohl wir angestrengt ins klare Wasser starrten, und so beschlossen wir, mit dem Tauchen zu beginnen. Den Anfang machte Olsen. Er holte tief Luft und glitt dann in die Wellen. Olsen war anscheinend ein guter Schwimmer, denn er gelangte problemlos zum Wrack. Wir sahen, wie er versuchte, durchs kaputte Fenster ins Cockpit einzusteigen, dann änderte er seine Meinung und schwamm zur Rumpfmitte, wo der Riss klaffte, den der abgebrochene Flügel hinterlassen hatte. Bevor Olsen hineingelangen konnte, ging ihm jedoch die Luft aus, und so musste er wieder nach oben kommen.

Während sich Olsen für den nächsten Tauchgang ausruhte, fasste ich Mut, zog meine wenigen Kleidungsstücke aus und tauchte.

Das Wasser war herrlich warm und klar. Ich konnte mit offenen Augen tauchen, obwohl ich das zu Hause in Finnland normalerweise nicht tat. Komisch, obwohl das Meerwasser hier viel salziger war, brannten mir kaum die Augen.

Beim Wrack angekommen, pumpte ich die Lungen voll Luft. Ich machte nicht denselben Fehler wie Olsen, sondern glitt sofort durch den Riss ins Mittelteil des Wracks.

Es wurde dunkel um mich. Ich tastete im Raum herum, alles wirkte ganz anders als an dem Tag, da ich auf dem internationalen Flugplatz von Tokio die Maschine betreten hatte. Der Wasserdruck presste meine Brust stark zusammen, aber ich ging davon aus, dass Vanninen gewusst hatte, was er sagte, als er behauptet hatte, meine Rippen würden jede Belastung vertragen.

Ich stieß mir an irgendeiner Kante das Knie und hätte beinah aufgeschrien, tat es aber nicht, denn ich wollte lebend zurückkehren. Unter Wasser sind Stöße viel schmerzhafter als an der Oberfläche – was immer das für Gründe haben mag.

Allmählich gewöhnten sich meine Augen an das Dunkel im Inneren der Maschine. Die Tür zum Frachtraum im hinteren Teil schwankte leise in ihren Angeln, die Meeresströmung hielt sie in Bewegung. Ich schwamm in den Frachtraum hinein und bekam wie auf Bestellung einen Metallbehälter von der Größe einer Bierkiste in die Hände. Ich klemmte ihn unter den Arm und beschloss, sofort zurückzukehren, denn mir ging die Luft in der Lunge aus. Ich gelangte überraschend mühelos aus dem Wrack hinaus. Jetzt wurde mir die Luft wirklich knapp, und ich überlegte kurz, ob ich den schweren Behälter fallen lassen sollte. Ich beschloss jedoch, mich mit ihm nach oben zu kämpfen.

Es war ein hartes Stück Arbeit. Die im hellen Sonnenlicht blinkende Wasseroberfläche schien unerreichbar fern. Schließlich hatte ich es geschafft, konnte das Wasser aus dem Mund prusten und an seiner Stelle Sauerstoff einsaugen.

Die anderen halfen mir mit meiner Kiste aufs Floß. Wir alle freuten uns über die Beute.

Als Nächster tauchte wieder Olsen. Als er hochkam, brachte er eine weitere Kiste mit. Lakkonen tauchte ebenfalls, aber Lämsä weigerte sich. Als wir ihn nach dem Grund fragten, sagte er:

»Ich kann nicht schwimmen.«

Wir wunderten uns, vor allem darüber, dass er das nicht gleich am Ufer gesagt hatte.

»Ich wollte nicht vor allen anderen darüber reden.«

Er bat uns, sein Geheimnis nicht preiszugeben, und versprach, sobald wie möglich schwimmen zu lernen. Wir sicherten ihm Stillschweigen zu.

Lakkonen holte die beste Beute herauf: drei Äxte und eine zerbeulte Kiste, aus der Mechanikerwerkzeug herausschaute. Wir schrien vor Begeisterung Hurra.

Nach getaner Arbeit ruderten wir ans Ufer. Die anderen eilten herbei, um das Floß auf den Sand zu ziehen. Sie staunten über unsere Ausbeute und lobten uns in den höchsten Tönen.

Wir trugen die Äxte triumphierend unter das Schutzdach, ebenso das andere Werkzeug, und dann luden wir die beiden Blechkisten aus, die Olsen und ich aus dem Wrack geholt hatten.

»Sie enthalten medizinisches Material«, sagte der Norweger und machte sich daran, eine Kiste zu öffnen. Die Schlösser sprangen fröhlich auf, der Deckel klappte hoch, und der Inhalt wurde sichtbar.

Die Kiste war voller kleiner Metallgegenstände, sie waren spiralförmig, und jeder hatte eine Art kleinen Schwanz. Ich kapierte nicht, wozu diese unzähligen Dinger, die alle gleich aussahen, gut sein sollten. Die Leute um Olsen herum raunten überrascht. Irgendjemand begann zu kichern.

Vanninen war hinzugekommen, um sich ebenfalls die Beute anzusehen, und er sagte:

»Das sind Verhütungsspiralen, und zwar diese neuen Kupferprodukte von *Outokumpu*, sie waren für Indien bestimmt.«

Mit wütender Entschlossenheit öffneten wir die andere Kiste. Sie war ebenfalls voller Spiralen.

Die Enttäuschung der Leute entlud sich in hysterischem Gelächter, das jedoch abrupt endete, als Olsen die Deckel der Kisten zuschlug und sagte:

»Da gibt es gar nichts zu lachen. Es kann sein, dass sie uns nützlicher sein werden, als ihr ahnt.«

Dann trug er die Kisten unter das Schutzdach. »Gut möglich, dass wir sie schon längst hätten gebrauchen können«, sagte er, als er wieder zurückkam.

Taylor merkte noch an, dass man aus den Dingern auch Angelhaken und Nadeln machen könne.

9

Wenn auf einer einsamen Insel sechsundzwanzig Frauen und zweiundzwanzig Männer leben, die alle volljährig und vorwiegend jung sind, richtet sich das Interesse, außer aufs Essen und Schlafen, auch auf das andere Geschlecht.

Länger als eine Woche hatten alle Enthaltsamkeit geübt, nun fühlten sich Männer und Frauen zueinander hingezogen. Es lässt sich nur erahnen, was die unglücklich Gestrandeten nachts im Schutze des Dschungels getrieben haben.

Ala-Korhonen, ein Mechaniker aus Rovaniemi, zeigte gleich von Anfang an ziemliche Aktivität in dieser Angelegenheit, allerdings mit wenig Erfolg. Er war ein recht kleiner Mann und sprach kaum etwas anderes als Finnisch. Seine geringen Englischkenntnisse hinderten ihn jedoch nicht daran, sich an die Stewardessen heranzumachen.

Auch ich versuchte mein Glück bei den Frauen in unserem Lager, sogar bei mehreren, aber mir war kaum mehr Erfolg beschieden als Ala-Korhonen. Einmal, als wir uns beide abends am Feuer darüber unterhielten, meinte er:

»Kann sein, dass wir nicht romantisch genug sind.«

Aber dann kam er zu dem Schluss, dass es nicht unbedingt daran lag. Er erzählte von einem Maurer aus Rovaniemi, die Geschichte hatte sich Anfang der Sechzigerjahre zugetragen. Eines Tages hatte der Mann beschlossen zu heiraten. Er war in den Vierzigern, ziemlich hässlich, ein rechter Trunkenbold und außerdem noch mittellos, aber trotzdem wollte er unbedingt heiraten. Er sagte, dass er eine Frau nehmen wolle, die ihm gefällt. Niemand glaubte, dass er es schaffen würde.

»Es kam der Sommer neunzehnhundertzweiundsechzig. Der Maurer fuhr im Urlaub nach Kuusamo, um zu angeln. Er hatte sich ein Zelt gekauft und sich ganz allein in den Naturpark Oulanka aufgemacht. Dort zog er umher und angelte. Im selben Sommer fand in Oulanka ein Weltkongress der Biologen statt. Als der Maurer irgendwann keinen Proviant mehr hatte, ging er zur Forschungsstation, um Milch zu kaufen. Er geriet aus Versehen in den Hörsaal und trug dort sein Anliegen vor. Er wirkte wie ein Waldmensch, als er da mitten in einen englischsprachigen Vortrag hineinplatzte und nach Milch fragte. Er bekam natürlich keine, und so ging er nach draußen vors Haus, um zu rauchen. Nach einer Weile kam eine hoch gewachsene Kanadierin, eine promovierte Biologin, zu ihm hinaus und fragte ihn auf Englisch, wie sie ihm helfen könne. Wahrscheinlich hatte sie einfach Mitleid mit ihm bekommen.

Der Maurer sagte ihr, dass ihn die Milch nicht mehr interessiere, aber wenn sie ihm helfen wolle, so solle sie seine Frau werden. Die Kanadierin verstand kein Finnisch. Sie holte einen Dolmetscher, und der übersetzte ihr die Worte des Maurers. Sie blieb ganz ruhig, sagte nur, er möge doch freundlicherweise abends wiederkommen, dann wolle sie ihm antworten.

Der Maurer stellte in der Nähe sein Zelt auf und wartete auf den

Abend, ging aber nicht zur Forschungsstation, sondern saß einfach vor seinem Zelt am Feuer. Die Frau trat abends um acht Uhr aus dem Haus und sah zu ihm hinüber. Als er nicht zu ihr kam, schickte sie einen finnischen Kollegen zu seinem Zelt, der dem Maurer sagte, dass sie einverstanden sei. Sie war übrigens eine schöne Frau.«

Ala-Korhonen sagte noch, dass er das alles nicht so genau wissen würde, wenn der Maurer nicht vor zwei Jahren mit seiner Frau nach Finnland zu Besuch gekommen wäre, ihre beiden Kinder hatten sie ebenfalls mitgebracht. Der Maurer arbeitete inzwischen in Kanada als Verkaufsleiter einer Autofirma. Er sprach fließend englisch, trug einen feinen hellblauen Anzug und war überhaupt nicht eingebildet, obwohl er diese tolle Frau gefunden hatte. Und sie liebte ihn immer noch sehr.

Soweit Ala-Korhonens Geschichte vom hässlichen Maurer.

Eines Abends kamen die schwarze Hebamme und Vanninen mit einem wichtigen Anliegen zu mir.

»Wie es scheint, müssen wir hier noch mehrere Tage, wenn nicht sogar Wochen ausharren, ehe wir gerettet werden«, sagte die Hebamme. »Doktor Vanninen und ich haben uns gedacht, dass es wohl am klügsten wäre, wenn wir wenigstens den jüngsten Frauen Spiralen einsetzen, da hier im Lager so viele Männer sind.« Die schwarze Hebamme sagte das in völlig sachlichem Ton. Sie wirkte wie eine Mitarbeiterin der kommunalen Fürsorge, die eine kinderreiche Mutter vom Nutzen der Verhütung zu überzeugen versucht. Ich stimmte ihr und Vanninen sofort zu.

Wir berieten uns eine Weile und beschlossen, dass wir die Frauen nicht drängen wollten, sich das Ding einsetzen zu lassen, aber den Interessierten wollten wir dazu Gelegenheit geben. Vor Einbruch der Dunkelheit kündigten wir im Lager an, dass am nächsten Tag im Dschungel eine Verhütungsklinik eingerichtet würde, ihre Dienste stünden den Frauen des Lagers für den nächsten Monat frei zur Verfügung. Die Spiralen mussten ja in einer bestimmten Phase des Menstruationszyklus eingesetzt werden, sodass wir mit keinem Massenandrang rechneten.

Wir machten die Frauen noch darauf aufmerksam, dass ungewollte Schwangerschaften unter den gegenwärtigen Bedingungen sicher unangenehm wären, und zurück in der Heimat könnte es dann richtig große Schwierigkeiten geben, denn die meisten von uns hatten dort natürlich Ehepartner oder lebten zumindest in irgendwelchen Beziehungen.

Am nächsten Morgen gingen unsere Ärzte, Vanninen, Olsen und Kristiansen, in den Dschungel, begleitet von der schwarzen Hebamme und beladen mit einer der beiden Spiralenkisten. Auch das Beil und den Dolch nahmen sie mit.

Sie schlugen im Dschungel eine kleine Lichtung frei und errichteten darüber ein Schutzdach, das sie aus dem Stoff der Rettungswesten gefertigt hatten. Dann bauten sie ein provisorisches Bett, das eher wie eine Trage aussah und das an einem Ende Vertiefungen für die Füße hatte, sodass die Patientinnen, wenn sie sich niederlegten, die Beine breit machen mussten. Die zahllosen Bänder der Rettungswesten waren bei diesen Vorbereitungen von unschätzbarem Nutzen – es gab ja keine Seile oder Nägel, mit denen die Ärzte ihre gynäkologischen Vorrichtungen sonst hätten anfertigen können.

Anschließend leerten sie die metallene Werkzeugkiste, füllten sie mit Wasser und hängten sie über das Feuer. Sie kochten das Wasser ab, um es so zu sterilisieren. Dann rissen sie ein paar weitere Rettungswesten in Streifen.

Taylor holte die interessierten Frauen zusammen. Das bereitete keine Probleme, die Frauen hatten ja die ganze Nacht über Zeit gehabt, sich zu entscheiden, und elf von ihnen meldeten sich für den Eingriff. Bei den anderen erlaubte der Menstruationszyklus noch kein Einsetzen der Spirale.

Die Frauen stellten sich am Rande des Dschungels in einer Art Schlange auf. Die Operation ging hinter dem schützenden Laubwerk schnell vonstatten. Nach einer Stunde hatten alle elf Frauen ihre Spirale bekommen.

Frau Sigurd verweigerte sich dem Eingriff und versuchte ihre Mitschwestern ebenfalls auf ihre Seite zu ziehen. Sie sprach mit jeder einzeln, fast den ganzen Morgen, aber der Druck fruchtete nicht viel. Wir Männer registrierten das mit Zufriedenheit.

Während des ganzen Vorgangs trieben wir uns in einiger Entfernung am Strand herum, ungefähr so wie Dorfburschen, die vor der Toilette auf die Mädchen warten, mit denen sie tanzen gehen wollen.

10

Das Einsetzen der Verhütungsspiralen half in keiner Weise gegen den Hunger.

Dank strenger Rationierung hatten wir immer noch europäisches Essen. Wir beschlossen, die Lunchportionen eine Weile aufzusparen – sie waren in Plastik verpackt, sodass sich die Brathähnchen gut hielten. Wir versuchten, uns von den spärlichen Gaben zu ernähren, die uns die Natur bot.

In der zweiten Woche nach der Havarie versanken einige Mitglieder unserer Gruppe in Apathie und waren schnell gereizt, andere ließen ihren Ärger an uns drei Anführern aus. Frau Sigurd schimpfte über jede Kleinigkeit, aber wir waren bereits daran gewöhnt, dass sie mit nichts und niemandem zufrieden war. Doch als die Unzufriedenheit auch alle anderen erfasste, gerieten wir in Sorge.

Es tauchten noch weitere Schwierigkeiten auf. Viele Leute hatten keine Lust zu arbeiten. Wenn wir Gruppen in den Dschungel schicken wollten, fanden sich durchaus nicht immer Freiwillige, nicht einmal durch gutes Zureden. Oft mussten wir regelrechte Befehle aussprechen, ehe die Gruppen zusammengestellt waren. Die Leute waren hungrig und müde, sodass ihre Lustlosigkeit verständlich, aber trotzdem nicht zu akzeptieren war, denn Retter waren nirgends in Sicht – wir waren auf uns selbst gestellt und mussten irgendwie klarkommen.

Schließlich merkten wir auch noch, dass die Dschungelgruppen die gefundene Nahrung heimlich versteckten. Ins Lager am Strand brachten sie nur einen Teil ihrer Beute mit.

Nachts, wenn das Lager friedlich hätte schlafen sollen, schlichen am Strand hungrige Menschen herum, und sie waren durchaus nicht alle unterwegs, um die Zuverlässigkeit der Verhütungsspiralen zu erproben, sondern die meisten suchten ihre Nahrungsverstecke auf, um sich heimlich von ihren Vorräten zu bedienen. Die Methode, Nahrung zu verstecken, griff immer mehr um sich. In der Mitte der zweiten Woche war daraus eine allgemeine Gewohnheit geworden. Der Gemeinschaftssinn war völlig zum Erliegen gekommen. Der Hunger untergrub die Kraft des Geistes, und es sah so aus, als ob es zum Zerbrechen der Gruppe kommen würde, wenn wir keine Änderung herbeiführten. Die schwarze Hebamme, die wir inzwischen alle wegen ihrer Redlichkeit und Freundlichkeit schätzten, sagte denn auch zu Vanninen und zu mir:

»Jungs, wenn wir nicht bald von dieser Insel wegkommen, essen die Leute sich gegenseitig auf.«

Vanninen murmelte leise:

»Ich muss mich wundern. Denkt mal an die Blockade von Leningrad. Dort herrschte Frost, und es gab so gut wie nichts zu essen. Die Deutschen hielten die Stadt neunhundert Tage umzingelt, sie beschossen sie mit Kanonen und bombardierten sie aus der Luft, aber trotzdem hielt sie stand. Bei uns bricht schon nach so kurzer Zeit der Notstand aus, dabei beschießt uns nicht mal jemand, und was haben wir für gute Klimabedingungen! Wir sind erbärmliche Menschen.«

Die schwarze Hebamme meinte daraufhin, dass die Leningrader während der Blockade keine andere Möglichkeit gehabt hatten als auszuharren, wenn sie nicht umkommen wollten, denn die Deutschen hatten ja deutlich erklärt, dass sie die Stadt dem Erdboden gleichmachen wollten. Vanninen sagte mürrisch:

»Meines Wissens haben wir ebenfalls keine andere Wahl. Wenn weiterhin Nahrungsmittel versteckt werden, erwartet uns der Hungertod. Wir haben bisher keinen einzigen Menschen gesehen, auch kein Schiff und kein Flugzeug, keinerlei Anzeichen von menschlicher Besiedelung. Hier kommen wir nicht so leicht weg, ich vermute, dass wir noch lange an diesem Strand hocken müssen. Unter Umständen können es zehn Jahre werden.«

Es schien in der Tat unwahrscheinlich, dass wir in nächster Zeit gerettet würden. Eventuelle Suchaktionen hatten wahrscheinlich im falschen Gebiet stattgefunden und waren inzwischen natürlich eingestellt worden. Für Europa waren wir tot.

Die schwarze Hebamme sagte, dass der Mangel an Gemeinschaftssinn vielleicht daher rührte, dass die Leute uns dreien nicht mehr vertrauten, sondern neue Anführer haben wollten. Vanninen war derselben Meinung und schlug vor, dass wir Wahlen durchführten.

»Wir sagen denen, dass es unser aller Untergang ist, wenn die

Ordnung nicht wieder hergestellt wird, und sollten sie den Wunsch haben, die Führung auszuwechseln, dann lassen wir gern andere ran.«

Auch ich hatte es ziemlich satt, mich für diese undankbare Horde einzusetzen.

Wir riefen das Lager zusammen.

Murrend und zögernd versammelten sich die Leute. Vielleicht fürchteten sie, dass sie wieder auf mühsame Nahrungssuche in den Dschungel geschickt würden. Vanninen nahm das Wort. Er erklärte, dass es keinen Gemeinschaftssinn mehr gebe und dass, wenn nicht bald eine Besserung eintrete, das ganze Lager langsam zu Grunde gehen werde.

Die Leute hörten mürrisch zu. Als Vanninen vom Verstecken der Nahrungsmittel sprach, sahen viele auf ihre Zehen, andere starrten mit beleidigter Miene aufs Meer.

Nach Vanninen sprach die schwarze Hebamme. Sie fand, dass man von Leuten, die eine medizinische Ausbildung erhalten hatten und die außerdem für Spezialaufgaben der Vereinten Nationen auserwählt worden waren, erwarten durfte, dass sie auch in schwierigsten Situationen ihre Moral bewahrten, Unannehmlichkeiten meisterten und sich vorbehaltlos für das Wohl der Gruppe einsetzten.

Geschickt las sie den Lagerinsassen die Leviten. Ihre Worte wirkten: Allgemeine Scham griff um sich. Auch ich sagte ein paar Worte, die ich speziell an die finnischen Waldarbeiter richtete. Ich bezeichnete sie als niederträchtig und erwähnte, dass man sie bei uns zu Hause in einem Holzfällercamp schlicht und einfach verprügeln würde.

Schließlich brachten wir die Idee mit den Wahlen vor.

Olsen bat um das Wort.

»Ich finde, wir brauchen zumindest im Moment keine Wahlen.

Wir sollten lieber Gruppen bilden, für die jeweils Leiter benannt werden. Ich meine damit Gruppen, die nach dem Prinzip der Arbeitsteilung fungieren und sich auf besondere Aufgaben konzentrieren. Zum Beispiel könnten wir geeignete Personen fürs Angeln auswählen, andere würden sich auf die Jagd spezialisieren, wieder andere auf das Sammeln von Früchten und Pflanzen, auf die Betreuung der Kranken oder aufs Kochen.«

Olsens Vorschlag schien vernünftig. Die Leute begannen eifrig darüber zu diskutieren. Und so wurde schließlich beschlossen, der Idee zu folgen und zunächst die Leiter zu wählen.

Leiter der Angelgruppe wurde Flugkapitän Taylor. Er schlug sich selbst für die Aufgabe vor und führte als Begründung an, dass er sich seiner Meinung nach ganz gut in der Materie auskannte, da er alljährlich in seinem Urlaub fleißig in tropischen Gewässern geangelt hatte. Er sagte, er liebe das Angeln, und fügte noch hinzu, dass man ihm, falls man ihn jetzt nicht für diese Aufgabe auswähle, womöglich auch später keine verantwortungsvolle Aufgabe mehr übertragen würde.

Taylor wurde also gewählt.

Die Leitung der Sanitätsgruppe wurde Frau Sigurd übertragen, allerdings unter der Bedingung, dass sie in kritischen Situationen unsere drei Ärzte anhörte. Ich war es, der diese Klausel zur Einschränkung ihrer Macht und Verantwortung forderte, und niemand hatte etwas dagegen einzuwenden.

Lakkonen bekam die Aufgabe, dafür zu sorgen, dass am Strand immer genügend Brennholz und andere Holzware war, und unsere beiden Forstmeister, Raninen und Laakkio, wurden jeweils zum Anführer einer Dschungelgruppe ernannt. Sie sollten die Jagd entwickeln und Pfade ins Dickicht bahnen.

Die Frauen wurden in drei Sammelgruppen eingeteilt, mit der

Leitung wurden die Schwedin Gunvor, eine sehr hübsche Frau, die fast ebenso reizende Maj-Len und die Finnin Sirpa betraut.

Die Verantwortung für die Verpflegung wurde der Schwedin Ingrid übertragen.

Damit endete die Versammlung.

Bald danach kamen die Gruppenleiter zusammen. Sie beschlossen, sich zumindest vorläufig keine feste Gruppe zusammenzustellen, sondern die Gruppenmitglieder jeweils nach Bedarf auszuwählen – auf diese Weise lernten sie die Gewohnheiten und Neigungen eines jeden kennen, und jeder könne sich dann später für die Arbeit entscheiden, die ihm am meisten lag. Außerdem verpflichteten sich die Leiter, als gewöhnliche Mitglieder in einer anderen Gruppe mitzuarbeiten, wenn sie in ihrer Funktion gerade nichts zu tun hatten. Auch der Dreierführung des Lagers wurde dieselbe Verpflichtung auferlegt.

Als tägliche Arbeitszeit wurden fürs Erste die hellen Stunden des Tages festgelegt. Wir waren natürlich noch nicht so weit, dass wir europäische Arbeitszeitgesetze einführen konnten.

Vor dem Auseinandergehen fragte Taylor, wie wir verfahren wollten, falls erneut Nahrung versteckt würde oder es zu anderen Ordnungswidrigkeiten käme.

»Vielleicht müssen wir für diesen verfluchten Sandstrand auch noch einen Polizisten wählen«, überlegte Kristiansen laut.

Forstmeister Raninen, der zu Hause in Finnland dem Bezirksforstausschuss von Kuopio angehörte, war der Meinung, dass wir auf eventuelle Vergehen jeweils situativ reagieren sollten: Falls der Täter ein Mann war, sollte er Prügel beziehen, und falls sich eine Frau etwas zu Schulden kommen ließ, sollte sie ins Wasser getaucht werden.

Ein Polizist wurde nicht gewählt.

11

Zwei Wochen nach dem Unglück begann sich das Leben auf der Insel endlich zu stabilisieren. Fischfang und Jagd brachten Erfolg, und dadurch besserte sich auch die Stimmung der Leute.

Taylor war es gelungen, aus dem wenigen vorhandenen Material ein paar ganz taugliche Fanggeräte herzustellen. Seine Angelgruppe versorgte das Lager mit reichlich Fisch. Die größeren Exemplare fing er in der Nähe der Korallenriffe mit dem Spieß, und aus den Rettungswesten hatte er provisorische Kescher hergestellt, mit denen er die kleinen Fische aus dem Wasser holte. Die Verhütungsspiralen hatten ausgezeichnete Angelhaken ergeben, und als Schnüre dienten Nylonfäden, die aus den Bändern der Rettungswesten stammten.

Auf dem Speiseplan unseres Lagers standen auch kleine Krebse, die wir aus einem etwa zwei Kilometer entfernten Flussbett holten. Gekocht schmeckten sie wirklich gut. Salz fehlte allerdings – wir wären bereit gewesen, alles für ein Kilo Salz zu bezahlen.

Eines Tages war ich zum Sammeln von Essbarem, aber auch zum Vergnügen mit unserer Küchenchefin Ingrid am Strand unterwegs. Ingrid war eine dunkelhaarige junge Schwedin aus Luleå, sie war sehr nett. Wir plauderten über dies und das, sie erzählte von ihrer Familie daheim in Schweden und ich von der meinen in Finnland. Wir umarmten uns, und weil Ingrid die Spirale hatte, beließen wir es nicht dabei. Es gab keine angenehmere Beschäftigung.

Die Sonne strahlte vom Himmel, aus dem Dschungel waren das Gezwitscher der Vögel und das Geschrei der Affen zu hören, der Wind rauschte im dichten Laubwerk. Wir genossen das Leben, und die Zeit des Hungers unmittelbar nach dem Flugzeugabsturz schwand aus unserem Gedächtnis.

Wir hatten uns ziemlich weit vom Lager entfernt, waren in einer weiten, lagunenähnlichen Bucht gelandet. Der Sandstrand war breit wie ein Baseballplatz und bedeckt mit Spuren von Menschen und Schildkröten. Als Ingrid und ich gerade zum werweißwievielten Male baden wollten, schrie die junge Frau plötzlich auf, dass es mir in den Ohren gellte.

Sie hatte eine Schildkröte gesehen. Bald entdeckte auch ich das Tier.

Es hatte anscheinend vor unserer Ankunft am Rande des Dschungels gelegen und Blätter gefressen, und als es uns gesehen hatte, hatte es sich quer über den Strand zum rettenden Meer aufgemacht.

Die Schildkröte war riesig, sie hatte die Ausmaße eines großen Saunakessels und bewegte sich mit einem für ihre Gattung überraschenden Tempo.

Mich packte das Jagdfieber!

Ich rannte wie ein Berserker hinter ihr her und packte ihren knöchernen Schwanz. Sie machte einen Schwenker und schüttelte meine Hand ab, aber ich war nicht zu bremsen und folgte ihr mit dem gezückten Beil. Sie keuchte unter dem Panzer, der Sand flimmerte mir vor den Augen, als ich ihr mit dem Beil auf den uralten Kopf zu schlagen versuchte.

Plötzlich war das Meer vor mir. Die Schildkröte platschte in dem Moment ins Wasser, da ich ihren Kopf getroffen hatte. Großer Gott, wie das spritzte.

Das arme Tier war jedoch von dem einen Schlag nicht tot, sondern taumelte in dem flachen Wasser vorwärts. Ich schlug ihm immer wieder und wieder auf den Kopf, und während der ganzen Zeit bewegten wir uns ins tiefe Wasser. Bald spürte ich keinen Boden mehr unter den Füßen und musste schwimmen.

Jetzt wäre die Schildkröte entkommen, wenn sie nicht endlich ihren Geist aufgegeben hätte. Ihre Beine hörten auf zu zappeln, und die Wellen trugen uns beide ans Ufer zurück.

Ingrid und ich zogen die Beute mit aller Kraft am Schwanz aus dem Wasser, und als wir dann noch erfolgreich nach dem Beil getaucht waren, das mir bei dem Kampf entglitten war, konnten wir überglücklich feststellen, dass wir eine Schildkröte von mindestens zweihundert Kilo Gewicht gefangen hatten.

Eine tote Schildkröte sieht erbärmlich aus. Ich kam mir vor, als hätte ich meinen Schwiegervater erschlagen, und deshalb bat ich Ingrid, in ihrer Eigenschaft als ausgebildete Krankenschwester das Tier zu schlachten. Sie machte sich sofort an die Arbeit. Sie schlug den Panzer ab, ließ das Blut abfließen und zerteilte dann den Körper, natürlich, nachdem sie zuvor die Innereien entfernt hatte. Ich sah mir die blutige Aktion von weitem an und machte mich dann ins Lager auf, um Fleischträger zu holen.

Gegen Abend war die Last im Lager, und natürlich bereiteten wir sofort ein Schlemmermahl. Es gab reichlich Fleisch für jeden von uns, ja es blieb sogar noch einiges übrig.

Als ich Frau Sigurd ein Stück Schildkrötenfleisch reichte, sah sie mich wütend an und würgte dann ihre Portion hinunter. Es wirkte, als würde sie mich und nicht die Schildkröte essen.

Ich nahm Ingrid beiseite und fragte sie, woher diese herbe Frau eigentlich stammte. Ingrid erzählte, dass Frau Sigurd in der Nähe der norwegischen Grenze, nicht weit von Oslo, zu Hause war, offenbar wohnte sie in Trollhättan oder irgendwo in der Nähe, mehr wusste auch Ingrid nicht von ihr.

Diese Nacht verbrachte ich mit Ingrid. Wir waren gesättigt, und der niederprasselnde Regen störte uns nicht. Zum ersten Mal hatten wir das Gefühl, dass dieser einsame Erdenwinkel nicht nur ein öder, heimtückischer Ort war. Wir badeten nachts in den schaukelnden Wellen, es war herrlich.

12

Ala-Korhonen hatte Magenbeschwerden, vermutlich hatte er rohen Fisch gegessen. Jedenfalls bekam er schwere Koliken und musste zwecks Behandlung aufs Krankenlager unter das Schutzdach. Er protestierte, aber es half nichts. Er konnte kein Essen bei sich behalten, und Fieber hatte er auch. Frau Sigurd nahm sich seiner an.

Frau Sigurd war als Krankenschwester ein Profi, und so erklärte sie, dass Ala-Korhonen nicht wieder gesund würde, wenn er keinen Einlauf bekäme.

Aber es gab keine entsprechenden Instrumente.

Schließlich fand Frau Sigurd die Lösung. Die Pumpe vom Gummifloß eignete sich, mit kleinen technischen Veränderungen, ausgezeichnet für den Zweck. Frau Sigurd kochte Wasser in der Werkzeugkiste, befahl Ala-Korhonen, sich auf die Seite zu drehen, und pumpte dann große Mengen Wasser in seinen Mastdarm. Wir hörten seine Flüche bis ans Ufer, aber Frau Sigurd blieb unbeeindruckt. Sie saß auf der Hüfte des Patienten und pumpte dem Unglücklichen mit der Fußpumpe Wasser in den Bauch.

Die Behandlung wirkte. Schon am nächsten Tag konnte der Patient von seinem Dschungelbett aufstehen. Nach drei Tagen war er völlig gesund. Trotz des guten Ergebnisses empfand er keinerlei Dankbarkeit für die tüchtige Krankenschwester. Er erklärte öffentlich, dass er sich merken werde, wie man ihn behandelt habe, und bezeichnete Frau Sigurds Methoden als unmenschlich, brutal und unverschämt. Es half auch nichts, dass Kristiansen ihm bestätigte, dass Frau Sigurds Maßnahmen, medizinisch gesehen, völlig richtig gewesen waren – Ala-Korhonen grollte. Wir hatten sogar den Eindruck, dass er auf Rache sann.

Vielleicht wäre es dabei geblieben, wenn Frau Sigurd nicht eines Tages ein schlimmes Missgeschick passiert wäre.

Es ergab sich, dass wir – Frau Sigurd, Ala-Korhonen, ein paar andere und ich – unterwegs waren, um Früchte für das Lager zu sammeln. Wir befanden uns ziemlich tief im Dschungel. Frau Sigurd war auf eine große Kokospalme geklettert, obwohl wir sie gewarnt hatten, dass sie herunterfallen könnte. Die energische Frau saß in einer Höhe von mehr als zehn Metern, löste mit festen Fingern große Früchte vom Baum und warf sie nach unten. Als sie alle Früchte abgepflückt hatte, wollte sie hinabsteigen.

Aber nach einem Blick in die Tiefe wurde ihr plötzlich schwindelig, und sie wagte nicht, sich zu rühren. In ihrer Not rief sie um Hilfe, und wir anderen rannten hinzu. Wir sahen, wie sie mit beiden Armen den Stamm umklammerte und nicht einmal wagte, nach unten zu sehen. Die Situation wirkte aussichtslos.

Wir versuchten ihr zu erklären, dass sie getrost und sicher zurückkehren könne, aber sie wollte nicht einmal den Versuch wagen.

Wir überlegten scharf, wie wir sie von dem Baum retten konnten. Bis zum Strand war es weit, sodass der Bau einer Leiter viele Stunden dauern würde. Bis dahin wäre Frau Sigurd garantiert ermattet und hinuntergefallen.

Ala-Korhonen zog seine Schuhe aus und spuckte in die Hände.

»Ich hole sie runter«, erklärte er drohend und kletterte flink auf den Baum. Wir kamen nicht dazu, ihn daran zu hindern. Er kletterte zügig an dem dicken Stamm in die Höhe.

Frau Sigurds zitternder Hintern schimmerte über ihm, und, den Blick fest darauf geheftet, arbeitete sich Ala-Korhonen nach oben. Der Baum begann zu schwanken. Frau Sigurd blickte erschrocken nach unten und sah ihren Retter kommen. Sie schrie vor Entsetzen. Es fehlte nicht viel, und sie wäre hinuntergefallen. »Sie brauchen keine Angst zu haben«, brüllte Ala-Korhonen mit schrecklicher Stimme. »Hier kommt Ihr Retter«, ergänzte er noch und lachte hohl. Die unglückliche Krankenschwester schrie auf dem Baum wie um ihr Leben, aber der Helfer kam immer näher.

Bestimmt dachte Frau Sigurd an die Dschungelklinik und das Klistier, das sie mit der Fußpumpe bedient hatte.

Ala-Korhonen kletterte mit nicht nachlassendem Tempo bis in die Spitze der Palme. Als er sich Frau Sigurd näherte, versuchte sie ihn am Weiterkommen zu hindern, indem sie gegen seinen Kopf trat, aber vergebens: Ala-Korhonen gelangte bis zu ihr hinauf, schlang den Arm um ihre Taille und drückte sie gegen den Stamm, so konnte sie nicht mehr strampeln und damit riskieren, dass beide hinunterfielen.

Ala-Korhonen war außer Puste. Er hielt zunächst inne und atmete tief durch. Frau Sigurd verharrte reglos und sah ihren Retter mit schreckgeweiteten Augen an.

Als sich Ala-Korhonen ausgeruht hatte, begann er damit, den Baum hin und her zu schaukeln. Der hohe Stamm bog sich bedrohlich, und wir, die wir unten standen, forderten Ala-Korhonen auf, die unglückliche Krankenschwester nicht zu quälen.

Er brüllte oben mit schrecklicher Stimme:

»Ich Tarzan, du Jane!«

Frau Sigurd schluchzte leise in seiner Umarmung. Sie sah verstohlen nach unten, wurde wieder von Entsetzen gepackt und hielt sich mit ihren starken Frauenhänden an Ala-Korhonen fest. Der Stamm war zwischen ihnen, Ala-Korhonen schaukelte ihn hin und her und lachte irre.

Schließlich beschloss der Helfer, mit dem Geschaukel aufzuhören. Er sagte zu Frau Sigurd, dass sie nun beide langsam hinunterklettern würden. Sie beruhigte sich ein wenig.

Der Weg abwärts war schwierig. Rindenstücke lösten sich vom Stamm und schwebten zur Erde. Frau Sigurd zitterte am ganzen Körper, schrie aber nicht mehr. Sie hielt sich krampfhaft an Ala-Korhonen fest. Stück für Stück gelangte das Paar nach unten.

Als nur noch zwei Meter bis zum Boden zurückzulegen waren, sagte Ala-Korhonen zu Frau Sigurd, dass sie jetzt springen könne. Sie blickte nach unten und sprang rasch, Ala-Korhonen folgte ihr. Frau Sigurd stand da, schimpfte und gab ihrem Retter eine Ohrfeige, dass es nur so klatschte. Ala-Korhonen wich ein paar Schritte zurück, wir anderen traten hinzu, um die aufgeregte Frau zu beruhigen. Nach einer Weile blickte sie in den Baumwipfel und dann zu ihrem abseits stehenden Retter. Sie lächelte müde und sagte dann:

»Trotzdem vielen Dank, Herr Ala-Korhonen.«

13

Nach dem Fang der Schildkröte besserte sich die Nahrungssituation im Lager so weit, dass sie befriedigend zu nennen war, und so blieb es dann auch.

Taylor holte Fische aus dem Meer, wir anderen rissen Wurzeln aus der Erde, Früchte fanden wir überreichlich, ebenso Krebse, und manchmal gelang es den Gruppen, die mit den finnischen

Forstmeistern unterwegs waren, kleine Frischlinge zu fangen.
Wir verzehrten nun die letzten Lunchpakete aus dem Flugzeug,
ehe sie verdarben, und lediglich das Fehlen von Salz machte uns
zu schaffen.

An manchen Tagen hatten wir sogar mehr Nahrung, als wir ver-
brauchen konnten. Die Folge war, dass ein Teil davon in der
Hitze verdarb.

Wir versuchten, Kellerlöcher in den Sand zu graben, aber sie
füllten sich mit Wasser, und so konnten wir darin kein Essen
aufbewahren. Der Sand war heiß, wie vermutlich das gesamte
Grundgestein dieser Gegend.

Eines Tages sagte der Steward, dass er als Kind bei den Pfadfin-
dern gewesen sei und vielleicht helfen könne.

»Was soll uns das denn hier nützen?«, meinte Lämsä zweifelnd.

Der Steward begann zu erklären. Er sagte, wenn wir den Stoff
der Rettungswesten Stück für Stück fest zusammennähten, sodass eine durchgängige, dichte Plane von der Größe eines La-
kens entstand, dann ginge die Sache klar, und er könnte uns einen Kühlschrank bauen.

Das Ganze schien unmöglich, aber der Gedanke an einen Kühlschrank reizte uns so, dass wir den Mann baten, mehr zu erzählen.

»Das System ist einfach, es basiert auf physikalischen Gesetzen.
Der orangefarbene Stoff der Rettungswesten zieht stark das
Sonnenlicht an. Der Stoff ist atmungsaktiv, lässt aber trotzdem
kein Wasser durch, so wie beispielsweise ein Schleier. Man
braucht also nur den Soff über einer feuchten Stelle aufzuspan-
nen und dafür zu sorgen, dass die Sonne darauf scheint. Ab und
zu muss man Wasser darauf spritzen. Wenn die Sonne den Stoff
erhitzt, verdampft das Wasser und verdunstet schnell. Dadurch
entsteht unter dem Stoff eine Art Vakuum, und das Wasser, das
sich dort befindet und das also warm ist, wird durch den Stoff

nach oben gesogen. Dabei tritt folgende Reaktion ein: Je heißer die Sonne scheint, desto kälter wird die Luft unter dem Stoff. Die für die Verdampfung des Wassers nötige Wärmeenergie wird nämlich, wenn das System richtig funktioniert, von unten genommen. Unter dem Stoff bildet sich kalte Luft. Die Temperatur kann sogar fast bis auf null Grad absinken, wenn man verhindert, dass von außen warme Luft eindringt.«

Olsen fragte, ob die Reaktion dieselbe sei wie bei den Lederschläuchen, die die Araber in der Wüste verwendeten und in denen das Wasser trotz der Sonnenglut frisch und kalt blieb.

»Das System ist dasselbe, aber mit dem Stoff lässt sich die Luft effektiver kühlen, weil er poröser als Leder ist«, sagte der Steward erfreut.

Niemand ist so schlau wie ein Mensch, der einen Kühlschrank braucht. Wir beschlossen, den Plan in die Tat umzusetzen. Die Frauen zogen Fäden aus ihren Kleidungsstücken. Aus den Verhütungsspiralen machten wir Nadeln, und bald konnten wir nach den Anweisungen des Stewards aus dem Stoff der Rettungswesten eine große zusammenhängende Plane nähen. Die Wattefüllung aus dem Inneren der Rettungswesten bewahrten die Frauen auf. Später merkten wir, dass sie sich daraus Monatsbinden anfertigten. Pfiffig.

Als die Plane fertig war, machten wir im Dschungel eine kleine Lichtung frei. Der Steward baute darauf eine kreisförmige Steinmauer von etwa sechzig Zentimeter Höhe, der Durchmesser des Kreises betrug anderthalb Meter.

Wir legten frischen Fisch und Fleisch in den Kreis. Dann spannte der Steward den orangefarbenen Stoff darüber und zog ihn fest. Auf den Stoff spritzte er Wasser. Es war ein spannender Vorgang, der Steward wirkte feierlich wie ein Pastor, der bei der Taufzeremonie den Täuflingen Wasser auf den Kopf spritzt.

Die Sonne glühte, und der Steward lächelte.

Nach zwei Stunden bat er uns, das Ergebnis zu prüfen. Wenn man den Stoff ein wenig anhob und die Hand darunter steckte, konnte man feststellen, dass das System funktionierte. Die Luft unter dem Tuch war herrlich kühl.

Jeder Einzelne von uns wollte sich überzeugen. Die Freude war groß, und der Vater der Idee wurde von allen Seiten beglückwünscht. Von nun an brauchten wir keine angegammelten Nahrungsmittel mehr zu verzehren.

Tarzan-Korhonen sagte zu Frau Sigurd:

»Einläufe mit der Fußpumpe sind jetzt passé.«

14

Die Sehnsucht nach Europa machte uns weiterhin zu schaffen. Wir hatten bisher keine Spur von Rettern gesehen, aber trotzdem hegten wir noch Hoffnung.

Doch als wir überraschend Berührung mit der so genannten zivilisierten Welt bekamen, wünschten wir uns keine weitere mehr.

Das Ereignis war kurz und erschütternd.

Es geschah um die Mittagszeit. Wir lagen unter den Schutzdächern im Sand. Wir hatten gerade gegessen und hielten während der heißesten Stunden des Tages Siesta. Das Meer schäumte, die Bäume des Dschungels rauschten beruhigend, und ein Teil der Leute schlief, einige unterhielten sich träge.

Ich lag unter dem Schutzdach zusammen mit Ingrid, die sich angewöhnt hatte, bei mir zu übernachten. Sie lebte nicht fest mit mir, aber trotzdem hatte sie ihre wenigen Sachen unter meinem Schutzdach deponiert und verbrachte die meisten Nächte bei mir. Wo sie sonst schlief, wusste ich nicht und wollte es auch nicht wissen.

Am ganzen Strand herrschte schläfrige Stimmung.

Die Feuer rauchten bei dem ruhigen Wetter vor sich hin, und nicht einmal Ungeziefer peinigte uns. Zwei kleine Gekkos, lustige Vertreter der Gattung Echsen, liefen über den Stoff des Schutzdaches, so wie es zu Hause die Fliegen an der Decke tun, mit dem Rücken nach unten. Ich war gerade am Einschlafen, als Ingrid auf einmal aufmerksam wurde.

»Horch mal«, sagte sie. »Da ist ein Motorengeräusch.«

Ich spitzte die Ohren und hatte ebenfalls bald den Eindruck, dass irgendwo in der Ferne ein Verbrennungsmotor lief.

Wir rannten ans Ufer, wo schon das ganze Lager aufmerksam auf das fremde Geräusch horchte.

Das Geräusch wurde rasch lauter, und wir hatten den Eindruck, dass es von einem Helikopter stammte.

Bald bestätigte sich die Vermutung, denn weit hinten tauchte über dem Sandstrand ein Helikopter auf. Wir schrien, außer uns vor Freude, und rannten wild umher, schwenkten die Arme oder Kleidungsstücke. Der Helikopter näherte sich im Tiefflug, er war groß und grau und flog ziemlich schnell. Das dröhnende Geräusch kam näher und näher. Bald war der Helikopter direkt über uns.

Aber er landete keineswegs am Strand, sondern tat etwas ganz anderes.

Das Knattern eines Maschinengewehrs zerriss plötzlich die Luft. Der Kugelhagel ging mitten zwischen uns im Sand nieder. Das ganze Lager rannte entsetzt in den Dschungel. Irgendjemand tauchte vor Schreck ins Meer.

Die Militärmaschine kreiste eine Weile über dem leeren Strand und schoss hin und wieder ihre Salven in den Dschungel und ins Meer. Vom Ufer waren klagende Schreie zu hören.

Nach einiger Zeit stieg der Helikopter auf, nahm Richtung aufs Meer und verschwand hinter der Bucht. Er hatte genug geschossen.

Als wir ans Ufer gingen, sahen wir das traurige Ergebnis des Beschusses, denn dort lagen zwei Menschen, Forstmeister Raninen und eine schwedische Krankenschwester. Die Frau jammerte leise. Raninen war tot. Er hatte im Meer einen Treffer abbekommen, und seine Leiche schaukelte, von den schäumenden Wellen hin und her geworfen, im Wasser.

Die Krankenschwester starb noch am selben Abend.

In der Nacht begruben wir beide Toten. Frau Sigurd beugte sich diesmal dem Beschluss der Mehrheit, nur einen einzigen Psalm zu singen und auf alle übrigen religiösen Handlungen zu verzichten.

Nach dem Besuch des Helikopters unterhielten wir nachts keine Feuer mehr am Strand. Womöglich befanden wir uns auf einer Insel, auf der ein Krieg im Gange war.

Es schien uns, als hätten wir keine Hoffnung mehr, von einer Rettungsexpedition gefunden zu werden.

15

Der Besuch des Helikopters bedeutete, dass wir jedenfalls nicht durch bloßes Herumliegen Kontakt zu der uns freundlich gesonnenen Welt bekommen würden.

Aber was konnten wir für unsere Rettung tun? Es blieb nur eine

Möglichkeit: Wir mussten versuchen, in die inneren Teile der Insel vorzudringen, dort würden wir Menschen treffen. Zwei Personen aus unserer Gruppe waren am Strand getötet worden, also war klar, dass auf der Insel Kämpfe im Gang waren. Wir mussten versuchen, Kontakt zur Bevölkerung oder zu den Krieg führenden Parteien herzustellen, vielleicht würde man nicht auf uns schießen, wenn wir uns zu Fuß näherten.

Wir beschlossen, eine fünfköpfige Expedition auszusenden, die durch den Dschungel ins Innere der Insel vordringen und den Leuten dort von unserem Flugzeugunglück berichten sollte. Zu Teilnehmern wurden die schwarze Hebamme, Doktor Vanninen, Forstmeister Laakkio, die schwedische Krankenschwester Maj-Len und ich gewählt. Als ich Ingrid fragte, ob sie nicht mitkommen wolle, rümpfte sie die Nase und sagte, dass ich mich wohl für sehr unwiderstehlich halten musste, wenn ich annahm, sie würde meinetwegen ihr Leben aufs Spiel setzen und an einem gefährlichen Dschungelausflug teilnehmen. In der Nacht verpasste ich ihr im Dunkeln am Strand eine Tracht Prügel, so wütend war ich.

Wir rüsteten uns mit Proviant aus und begaben uns in die dunklen Tiefen des Dschungels. Forstmeister Laakkio ging voran und bahnte den Weg, mit gebührendem Sicherheitsabstand folgten die schwarze Hebamme, dann Vanninen und Maj-Len, ich bildete den Schluss.

In Abständen von einer Stunde wechselten wir die Marschordnung, damit niemand zu stark ermüdete. Auch die Frauen übernahmen immer mal die Führung, allerdings nur für jeweils eine halbe Stunde.

Wir marschierten durch den dunklen Dschungel, bahnten uns mit der Axt den Weg durch die wild wuchernde Vegetation und verscheuchten die Schlangen. Ungeziefer peinigte uns, es war erstickend heiß, aber wir konnten keine Kleidungsstücke ablegen, denn die Zweige hätten uns die Haut zerfetzt. Die heißesten Stunden des Tages verbrachten wir auf Bäumen, und nachts schliefen wir nebeneinander im Dickicht. So ging es Tag für Tag. Am vierten Tag erbeutete Vanninen einen Affen. Dieser bewegte sich ziemlich langsam, und Vanninen rannte hinterher und fing ihn. Er wog mindestens zwanzig Kilo, so schätzten wir. Wir schlachteten ihn, rösteten das Fleisch und aßen es gierig, denn unser mitgebrachter Proviant ging zur Neige. Mitten in der Mahlzeit schrie Laakkio vor Schmerz auf und hielt sich den Mund, aus dem Blut floss.

Es zeigte sich, dass sich in seinem Mund, außer dem Affenfleisch, ein etwa anderthalb Zentimeter langer glänzender, gebogener Gegenstand befand. Es war ein an allen Ecken messerscharfes Metallstück, das sich Laakkio da in den Gaumen gebissen hatte.

Als wir die Affenkeule näher untersuchten, wurde uns klar, dass sich das arme Tier irgendwann in seinem Leben schlimm verletzt haben musste. Es schien, als wäre es auf eine Mine getreten. In seinem Hintern steckten zahllose weitere Splitter ähnlich dem, den Laakkio im Mund gehabt hatte.

All das bewies, dass es auf der Insel irgendwann einmal einen Krieg gegeben hatte und dass der Affe die Folgen des Hasses der Menschen in seinem Körper hatte tragen müssen.

Nach Vanninens Affenjagd bewegten wir uns vorsichtiger durch das Gelände. Wir fürchteten, dass im Dickicht womöglich noch weitere Minen verborgen lagen. Der Anführer, der jeweils den Weg bahnte, musste deshalb allein gehen, und die anderen folgten erst im Abstand von hundert Metern. Er war also eine Art Minensuchhund.

Am sechsten Tag begann sich der Dschungel zu lichten, und wir kamen schneller voran. Das Gelände wurde hügelig, die Vegetation angenehmer, sogar der Himmel war zu sehen. Wir waren etwa vierzig Kilometer ins Innere der Insel vorgedrungen. Unsere Kleidung war zerfetzt, aber sonst waren wir noch in leidlichem Zustand. Die Entzündungen, die wir auf der Haut hatten, beeinträchtigten nicht unseren Nachtschlaf, dazu waren wir abends viel zu müde.

Schließlich sahen wir ein Gebirge vor uns. Nach dem dunklen Dschungel wirkte der Anblick geradezu feierlich. Die Spitzen der Berge ragten steil in die Höhe, heißer Dunst färbte sie dunkelblau, die höchsten Spitzen waren hinter weißen Kumuluswolken verborgen, und ein frischer Wind fuhr durch unsere Kleidungsfetzen.

Die schwarze Hebamme und Maj-Len zogen ihre Blusen aus und ließen sich vom Gebirgswind die Haut kühlen; die Brüste der Jüngeren standen straff ab, die erfahreneren der schwarzen Hebamme ruhten still und beschützend über den Rippen, sie wirkten irgendwie weise.

Im Hochland wimmelte es von Nagern, die wie Murmeltiere aussahen. Forstmeister Laakkio hatte schon einen ganzen Tag lang versucht, einige Exemplare zu fangen. Jetzt, nachdem wir in die Nähe des Gebirges gekommen waren, hatte er die geeignete Methode gefunden.

Wenn er eines dieser Tiere von der Größe eines Kaninchens sah, schlich er sich heran und scheuchte es auf. Die Viecher waren ungeheuer schreckhaft, und Laakkios Opfer rannte Hals über Kopf in seine Höhle, um sich zu verstecken. Dann verschloss Laakkio die Öffnung mit dem Beil oder einem Erdklumpen und wartete. Wir anderen beobachteten den Vorgang aus etwa fünfzig Metern Entfernung. Nach etwa einer Viertelstunde bewegte sich das Hindernis vor dem Höhleneingang zur Seite, ruckweise und langsam. Das scheue Tier im Erdinneren erschrak vermutlich vor seinen eigenen Bewegungen. Wenn die Öffnung frei war, blieb Laakkio weiter in Lauerstellung, auch wenn er schon die Schnauze des Opfers sah. Das Tier zog seinen Kopf immer wieder blitzschnell zurück, um bald darauf erneut herauszulugen. Und jedes Mal steckte es den Kopf ein wenig weiter aus dem sicheren Versteck.

Wenn es sich fast ganz aus der Höhle herausgewagt hatte, packte Laakkio blitzschnell zu. Das Tier schrie dann erschrocken auf, aber es gelang ihm im Allgemeinen nicht zu fliehen, denn der Jäger brach ihm rasch das Genick.

Das Fleisch dieser Murmeltiere – oder was immer sie waren – war essbar, wenn auch nicht besonders schmackhaft. Jedenfalls gelang es Laakkio, so viele von ihnen zu fangen, dass wir nicht hungern mussten.

Wir wanderten zwei Tage durch das Hochland, bis wir an einen Gebirgsfluss kamen. Die Luft war wunderbar leicht und unsere Stimmung bestens.

Wir beabsichtigten, das Gebirge zu überqueren, um ins Innere der Insel zu gelangen und Menschen zu finden.

Aber das erwies sich als unmöglich.

Die Berghänge waren zu steil, um sie zu erklimmen. Wir streiften mehrere Tage umher und suchten nach einem Pass, fanden aber keinen geeigneten. Zwar gab es Pässe, aber sie zu benutzen war ausgeschlossen, denn sie hatten sehr steile Hänge, und unten flossen reißende Ströme. Die Gebirgskette war unüberwindbar.

Schließlich kletterten wir unter Einsatz unseres Lebens etwa einen halben Kilometer am Hang hinauf. Weiter wagten wir uns nicht, denn in dieser Höhe löste sich das Gestein bei der kleinsten Bewegung, und so mussten wir wieder ins Tal zurückkehren.

Eine Überquerung des Gebirges hätte auch die Ausrüstung und Erfahrung von Bergsteigern erfordert, und wir besaßen weder das eine noch das andere.

Trotzdem suchten wir noch mehrere Tage nach einem Weg, doch vergeblich.

»Lasst uns nach Hause zurückkehren«, sagte Laakkio eines Tages. ›Nach Hause‹. Das Lager kam uns tatsächlich wie unser Zuhause vor, nach alldem, was wir seit dem Flugzeugabsturz erlebt hatten.

16

Der Rückweg war ein wenig leichter, denn wir konnten unseren eigenen Spuren folgen. Die Axt brauchten wir nicht oft zu benutzen. Trotzdem waren wir mehrere Tage unterwegs, denn hin und wieder kamen wir im dunklen Dschungel von unserem Pfad ab – wir hatten ja keinerlei Material zur Verfügung gehabt, mit dem wir auf dem Hinweg den Pfad hätten markieren können. Gelbes Krepppapier wäre zum Beispiel nützlich gewesen.

Nach zwei Wochen Abwesenheit erreichten wir das Lager. Dort erwartete uns eine große Überraschung. Am Strand war nämlich ein Fremder eingetroffen. Gleich auf den ersten Blick erkannten wir, dass sich der Mann sehr wohl fühlte. Er aß unter dem Schutzdach, hatte die Augen halb geschlossen und rauchte ein lange Pfeife, umringt von den Frauen des Lagers. Woher in aller Welt hatte der Kerl den Tabak?

Die Geschichte war schnell erzählt. Ungefähr so hatte sich das Ganze zugetragen:

Etwa eine Woche nach unserem Aufbruch war eines Morgens im Lager dieser Mann aufgetaucht, mittleren Alters, offenbar Malaie, bekleidet mit einer Militäruniform und ausgerüstet mit einem modernen Sturmgewehr. Die Lagerbewohner waren bei seinem Anblick schreiend in den Dschungel geflüchtet, das ist ja klar.

Der Soldat hatte sich jedoch freundlich gebärdet und in schlechtem Englisch gerufen, das er nicht die Absicht habe, auf die Leute zu schießen, sondern dass er mit friedlichen Absichten gekommen sei. Allmählich hatten sie ihm geglaubt – allerdings erst, nachdem er sein Gewehr in den Sand gelegt und Taylor es an sich genommen hatte.

Es hatte sich herausgestellt, dass der Mann in der indonesischen Armee diente. Er war vor einigen Monaten für einen Militäreinsatz, die Niederschlagung eines Aufstands, auf diese Insel abkommandiert worden. Er wusste immer noch nicht, ob es sich um Borneo, Celebes oder Irian handelte – das hatte niemand den Truppen gesagt.

Die Kriegshandlungen waren ihm gleich von Anfang an äußerst zuwider gewesen, und auch ihre Gefährlichkeit hatte ihn von Tag zu Tag mehr abgeschreckt.

So hatte er beschlossen, alles hinzuschmeißen und sich davonzumachen. Er war aus dem Inneren der Insel geflohen, hatte an einer von unserem Standort sehr weit entfernten Stelle das Gebirge überquert und war dann am Strand entlang gewandert, bis er auf unser Lager gestoßen war. Ähnlich wie er hatten auch viele andere Soldaten gehandelt, und deshalb kreisten die Helikopter der indonesischen Armee von Zeit zu Zeit über der Insel und machten Jagd auf Deserteure.

Der Mann stammte also aus Indonesien, und von seiner politischen Einstellung her war er, wie er sagte, weiterhin ein Anhänger Sukarnos, General Suharto hatte er nie akzeptiert. Kommunist war er allerdings nicht, dennoch hatten ihn Suhartos Säuberungsaktionen in den Sechzigerjahren drei Finger seiner rechten Hand gekostet.

Er zeigte seine Hand vor. Tatsächlich waren nur noch Daumen und Zeigefinger vorhanden. »Nicht so schlimm«, sagte er. »Suhartos Männer haben fast alle Einwohner unseres Dorfes getötet, ich bin noch glimpflich davongekommen.«

Er kannte sich ziemlich gut im Dschungel aus, und was das Beste war, er besaß das bereits erwähnte Sturmgewehr und dazu reichlich Patronen, insgesamt mehr als achthundert Schuss.

Außerdem konnte dieser Mann, der sich Jhan Krahamo oder so ähnlich nannte, rhythmisch die Trommel schlagen. Er hatte vor Suhartos Machtantritt in Indonesien als Blechschmied und Flugzeugmechaniker gearbeitet und auch lange in Djakarta gewohnt, wo er ein wenig Englisch gelernt hatte.

Jhan oder *Janne,* wie wir ihn nannten, sagte uns, dass es nach seiner Einschätzung nicht die geringste Chance gab, hier wieder wegzukommen – im Binnenland wurde ein Partisanenkrieg geführt, deswegen wagte sich kein einziges Handelsschiff in dieses Seegebiet, und aus der Luft waren nur Kugeln zu erwarten. Aus seiner Sicht bestand trotzdem kein Grund zum Klagen, denn in Djakarta zum Beispiel waren die Lebensbedingungen gegenwärtig noch schlechter. Reis war knapp, alles war teuer, und immer wieder kam es zu Verhaftungen, die normalerweise bedeuteten, dass die betreffenden Personen für immer verschwanden – warum sollte man sich also zu solchen Menschen, nach solchen Verhältnissen sehnen? Janne fand, dass er es außerordentlich glücklich getroffen habe, eigentlich sehr viel besser, als sich ein Mann wie er es je hätte träumen lassen.

Ein wenig neidvoll sahen wir auf diesen Weltmenschen, Deserteur, melanesischen Schmied seines eignen Glückes, der uns noch sagte, dass er Verständnis für den christlichen Glauben habe, ansonsten aber unerschütterlicher Buddhist sei.

Janne hielt es für selbstverständlich, dass er nie mehr diesen Uferstreifen verlassen und nach Djakarta zurückkehren würde. Das reichte ihm, und ein wenig befremdet hörte er sich an, wie wir es beklagten, von der Welt abgeschnitten zu sein.

Janne war zweifellos der glücklichste Mensch in unserem Lager.

Unser Deserteur gab mit Freuden seine Waffe heraus und stellte sie zur allgemeinen Verfügung. Wir erprobten ihre Präzision mit einer Salve, die natürlich sparsam ausfiel, und wir stellten fest, dass es eine wirklich gute Waffe war. Um die Patronen möglichst trocken aufbewahren zu können, bastelten wir einen Behälter, der Ähnlichkeit mit einem Vogelhäuschen hatte und den wir an einem Baum im Dschungel befestigten. Wir pflegten die Waffe regelmäßig und passten auf, dass sie nicht rostete.

Sollte noch einmal ein Helikopter auftauchen und wieder im Tiefflug über uns kreisen, dann würden wir ihm mit Jannes Gewehr auf jeden Fall die Fenster zerschießen, beschlossen wir.

Es tauchten keine Helikopter mehr auf, und wir vermissten sie natürlich auch nicht. Janne stellte aus einem hohlen Stück Baumstamm einen kleinen Gong her, der, als er trocken war, einen recht hübschen Ton abgab.

Janne trommelte eifrig darauf herum, manchmal mussten wir ihn sogar bitten, das Instrument in Ruhe zu lassen, besonders nachts, wenn ihn die Spielfreude gar zu sehr packte.

Es sollte auch noch erwähnt werden, dass Janne die mürrische Frau Sigurd besonders zu schätzen schien. Wahrscheinlich fühlte er sich von ihr sexuell angezogen, weil er ihre Zurückhaltung für ein Zeichen von Ehrbarkeit hielt, und die strahlte Frau Sigurd in der Tat aus, das war nicht zu leugnen.

Janne erwies sich also als feiner Kerl, und wir waren sehr zufrieden, dass er sich entschlossen hatte, den Kriegshandlungen in diesem tropischen Gebiet den Rücken zu kehren.

17

Der Indonesier Janne wunderte sich, warum wir keine Schnecken aßen. Er erzählte, dass man sie nach den Regenfällen mit ein wenig Glück in rauen Mengen im Dschungel finden konnte.

Die Frauen gewannen Interesse an der Sache. Die Stewardess Lily, die finnische Hebamme Iines Sotisaari, die Schwedin Maj-Len und eine ihrer Landsmänninnen, die aus Stockholm stammende Birgitta, wandten sich an Lämsä und mich und baten uns, sie beim Schneckensammeln zu begleiten. Obwohl das Wetter alles andere als angenehm war, gingen wir mit ihnen, denn auch wir wünschten uns Abwechslung auf dem Speiseplan.

Wir stapften mehrere Stunden durch den heißen, wassertriefenden Dschungel, und dann gelangten wir auf ein Gelände, in dem wir laut Jannes Hinweisen nach Schnecken suchen konnten. Der Dschungel war hier so dicht, dass es so gut wie keine Untervegetation gab. Die abgefallenen Blätter der Bäume waren auf dem Boden verfault und bildeten eine dicke, glitschige Schicht.

Und tatsächlich gab es hier Schnecken: dunkelgrüne und dicke Exemplare, die bis zu zehn Zentimeter lang waren. Wir sammelten eifrig, bis wir etwa fünfzig Stück beisammen hatten. Dann machten wir uns auf den Heimweg.

Wir nahmen eine Abkürzung, obwohl wir genau wussten, dass wir es nicht hätten tun sollen, da die Gefahr bestand, dass wir uns verirrten.

Lämsä ging vorweg. Nach etwa einer Stunde Weges fluchte er plötzlich laut. Als wir zu ihm liefen, sahen wir, dass er sich in rostigem Stacheldraht verhakt hatte. Der Draht war mit grünem Moos bewachsen, und Lämsä hatte versucht ihn zu durchtrennen, weil er ihn für eine Liane gehalten hatte.

Wir untersuchten vorsichtig das Gelände. Überall war Stacheldraht, und im Schutz des Dickichts entdeckten wir einen uralten Graben, der an den Rändern mit Beton verstärkt war. Es schien, als hätte sich an dieser Stelle während des Zweiten Weltkriegs ein Gefechtsstand befunden. Wir streiften weiter umher und stießen auf eine Betonwand, in der sich unten eine Öffnung befand, die von Farnen und Lianen überwuchert war. Wir räumten die Pflanzen aus dem Weg und spähten ins Dunkel. Wir hatten einen kleinen Bunker vor uns.

Dann riefen die Frauen, die sich hinter der Anlage aufhielten, dass sie eine Kanone entdeckt hatten.

Wie spannend!

Wir gingen hin, und der Fund erwies sich als japanisches Feldgeschütz, Kaliber drei Zoll. Es war auf die Seite gekippt, nachdem die Wurzeln eines großen Mangrovenbaumes durch die Streben der Lafette gewachsen waren. Kein Zweifel, das Ding stammte aus der Zeit des Weltkriegs.

Die Kanone war gänzlich mit Moos bedeckt. Wir schlugen mit dem Beil gegen die Verschlüsse und bekamen sie mühsam auf. Das Rohr war sehr stark vom Rost befallen, aber man konnte trotzdem hindurchsehen.

Wir krochen in den Bunker. Drinnen konnte man ohne weiteres stehen. Anscheinend hatte die Kanone hier hineingebracht werden sollen, aber aus irgendeinem Grunde war das Vorhaben nicht zu Ende geführt worden.

Im Bunker lag jede Menge Gerümpel herum. Geschosse für die Kanone lagerten in großen Kisten, und sie wirkten fast wie neu. Wir trugen mehrere Arm voll davon nach draußen. Auch Konservendosen entdeckten wir, aber die waren natürlich verdorben. Das Blech war korodiert, und Tausendfüßler hatten den Inhalt geleert.

In einer Ecke stand eine schwere Metallkiste, und an der Rückwand des Bunkers standen zwei Lafetten für Maschinengewehre. Die Waffen waren aber nirgends zu sehen.

Als wir die mit Stahlleisten verstärkte Kiste öffneten, fanden wir darin hohe Metallflaschen. Die Verschlüsse waren festgerostet, aber es gelang uns, einen von ihnen zu öffnen, indem wir ihn mit der stumpfen Seite des Beils bearbeiteten.

Die Flasche enthielt eine Flüssigkeit. Wir schnupperten daran. Unsere Befürchtung, dass es Flüssiggas sein könnte, bewahrheitete sich nicht. Der Geruch, der aus der Öffnung wehte, ließ eindeutig auf Spiritus schließen.

»Das ist medizinischer Spiritus«, konstatierte Birgitta.

»Womöglich ist er vergiftet«, sagte Lily, als Lämsä die schwere Flasche an die Lippen setzte.

»Bald werden wir es wissen«, sagte er und nahm ein paar kleine Schlucke. Er verzog das Gesicht und reichte mir die Flasche.

Wir sahen ihn gespannt an. Er saß auf dem Betonwall des Bunkers und schien selbst auf die Wirkung der Flüssigkeit zu warten. Nach einer Weile streckte er die Hand nach der Flasche aus und sagte:

»Gift ist es jedenfalls nicht.«

Lämsä trank zwei große Schlucke und verzog wieder heftig das Gesicht. Auch ich setzte die Flasche an die Lippen und kostete.

Das Zeug war furchtbar stark. Ich kam zu dem Schluss, dass es tatsächlich Spiritus war. Er brannte im Mund und im Rachen, und als er im Magen angelangt war, begann er angenehm zu wärmen. Ich nahm einen zweiten Schluck, Lämsä bereits seinen dritten.

Das hochprozentige Getränk stieg uns schnell zu Kopf. Wir holten Wasser und verdünnten es, dann boten wir auch den Frauen davon an, und sie kosteten ebenfalls. Wir kamen richtig in Stimmung.

Wir setzten uns hinter dem Bunker auf die Lafette der Kanone und tranken weiter. Die Rindenschalen mit den Schnecken stellten wir über dem Eingang des Bunkers ab.

Lämsä untersuchte die Kanone. Er sagte, dass er seinen Wehrdienst im Küstenartillerieregiment von Vaasa abgeleistet habe und somit dies und das über Kanonen wisse. Wir waren bereits so betrunken, dass wir zwischen Küstenartillerie und einem leichten Feldgeschütz keinen großen Unterschied mehr sahen. Lämsä öffnete den Verschluss der Kanone und zerlegte ihn. Er hatte Schwierigkeiten, ihn wieder zusammenzusetzen, aber nach vielen Versuchen gelang es ihm. Er hämmerte mit der stumpfen Seite des Beils gegen die Kanone, bis der Verschluss halbwegs funktionierte.

So, als hätte er etwas Wichtiges vergessen, ging er anschließend zum Bunker. Bald kam er mit einem Arm voll Granaten zurück. Ich lachte ihn aus, weil er, betrunken wie er war, mit seiner Last hinfiel, und ich sagte, dass die Granaten unmöglich noch funktionstüchtig sein konnten, denn in den vielen Jahren hatte die Feuchtigkeit garantiert die Zündkapseln zerstört.

Aber Lämsä kümmerte sich nicht darum. Er schob eine Granate ins Rohr und verriegelte den Verschluss. Er musste das Beil ansetzen, ehe es klappte.

Als ich sah, was Lämsä da tat, sagte ich zu den Frauen, dass sie vorsichtshalber beiseite treten sollten. Die Kanone könnte explodieren, denn das Rohr war verrostet. Gleichzeitig warnte ich Lämsä davor, weiter an dem Ding herumzuspielen.

Plötzlich donnerte es.

Lämsä hatte geschossen. Aufgrund des Rückstoßes schlug das Geschütz um etwa einen Meter nach hinten. Der Geschossknall dröhnte in unseren Ohren, und als wir in die Richtung blickten, in die das Rohr zeigte, sahen wir, dass die Granate im Dickicht mehrere Baumstämme zerrissen hatte und dann gen Himmel weitergeflogen war. Zum Glück hatte der Aufschlagzünder nicht funktioniert.

»Jetzt lassen wir's hier mal ein bisschen krachen«, prahlte Lämsä. Er nahm einen tüchtigen Schluck Spiritus und schob dann das zweite Geschoss ins Rohr. Ich ging zu ihm, und gemeinsam richteten wir das Geschütz aus, drehten das Rohr in südliche Richtung, zum Meer, und schossen.

Fröhliches Gedröhn erfüllte den Dschungel. Die Frauen bekamen Angst, aber als wir ihnen Spiritus gaben, wurden auch sie mutiger. Wir schossen noch zweimal, und alles schien bestens zu funktionieren. Iines Sotisaari wollte ebenfalls schießen, und Lämsä und ich hatten nichts dagegen, wir ermunterten sie sogar. Iines schoss, und dann tranken wir wieder Spiritus. Nun schoss Birgitta, dann Lily und zuletzt Maj-Len. Die Frauen bogen sich vor Lachen, aber zu hören war nichts, denn das Gedröhn der Kanone übertönte alles. Jetzt waren Lämsä und ich an der Reihe, dann wieder die Frauen. Nach jedem Schuss tranken wir Spiritus, wir fanden ihn überhaupt nicht mehr stark. Als Lämsä und ich neue Granaten aus dem Bunker holten, fielen wir hin, und die Frauen lachten sich fast tot.

Zur Abwechslung schwenkten wir die Kanone herum und zerschossen die Bäume in der Umgebung. Der blaue Rauch, der über dem Gelände hing, war inzwischen so dick, dass wir husten mussten.

Dann kamen wir auf die Idee, das Schießen militärisch zu organisieren. Iines Sotisaari stellte sich mit Lämsä an die Kanone. Lämsä schob die Granate ins Rohr, Iines verriegelte das Schloss und schoss. Wir anderen schleppten neue Granaten heran und stießen mit den Füßen die leeren Hülsen beiseite. Auf diese Weise konnten wir das Tempo enorm steigern. Das Kanonenrohr glühte, wir schwitzten und lachten dabei, bis wir Tränen in den Augen hatten.

Als der Rauch so stark war, dass wir uns nicht einmal mehr gegenseitig richtig sehen konnten, machten wir eine Pause und setzten uns auf das Dach des Bunkers. Wir waren müde und hatten kaum mehr die Kraft zum Lachen.

Aber das war noch nicht alles. Uns fielen die Schnecken ein, die wir gesammelt hatten. Birgitta kam auf die Idee, dass wir sie in Spiritus legen und dann essen könnten. Wir alle waren von dem Gedanken begeistert, und so machten wir uns daran, sie durch den Flaschenhals zu schieben. Es klappte problemlos, die Schnecken plumpsten in den halben Liter unverdünnten Spiritus, den wir übrig gelassen hatten. Mehr als zwanzig Stück passten in die Flasche.

Wir schraubten den Verschluss zu und schüttelten die Flasche kräftig. Anschließend ließen wir sie mehrere Minuten lang stehen, ehe wir die Schnecken ausschütteten. Alle waren tot.

Wir aßen sie mit gutem Appetit. Besonders manierlich sah unsere Mahlzeit aber vermutlich nicht aus.

Schließlich schliefen wir neben unserer Flasche auf dem Bunkerdach ein.

Spätabends fanden uns die anderen. Bei Beginn der Schießerei war das ganze Lager vom Strand in den Dschungel geflüchtet, wie uns später berichtet wurde. Die Militäranlage befand sich ein paar Kilometer vom Lager entfernt, ziemlich dicht am Ufer, und bei jedem unserer Schüsse hatten die anderen sehen können, wie die Granate ins Meer sauste. Sie hatten gezählt, dass wir insgesamt sechsundsiebzig Stück verschossen hatten. Geendet hatte das Ganze mit einer heftigen Salve von dreiundzwanzig Schuss, die Granaten waren hinter den Korallenriffen aufgetroffen.

Mehrere Männer hatten sich, bewaffnet mit Jannes Sturmgewehr, auf den Weg gemacht, um die Herkunft des Kanonenfeuers zu erkunden, und als sie uns kurz vor Einbruch der Dunkelheit schließlich gefunden hatten, hatten sie ihren Augen nicht trauen wollen: Vier Frauen und zwei Männer lagen stockbesoffen kreuz und quer auf dem Dach eines Bunkers, einer der Schlafenden hatte sich voll gekotzt, und hier und da lagen dicke tote Schnecken. Drei leere Stahlflaschen standen herum, und unzählige Geschosshülsen waren über die ganze Gegend verstreut.

Die Männer aus dem Lager hatten versucht, uns wachzurütteln, aber es war ihnen nicht gelungen. Einer war schließlich als Wache mit dem Maschinengewehr am Bunker zurückgeblieben, die anderen waren zurückgekehrt und hatten die restlichen drei Spiritusflaschen mitgenommen.

Erst am nächsten Morgen wachten wir auf und fühlten uns hundeelend. Wir schleppten uns ins Lager, wo die anderen beschlossen, uns zu bestrafen. Die Mehrheit fand, dass wir mit unserer idiotischen Schießerei die Sicherheit aller gefährdet hatten, und außerdem hatten wir kostbaren Spiritus vergeudet, indem wir ihn ausgetrunken hatten – der Rest wurde wohlweislich einkassiert und für medizinische Zwecke beiseite gestellt.

Nach den Gesetzen des Lagers lautete das Urteil für Lämsä und mich Prügel, für Lily, Birgitta, Maj-Len und Iines Untertauchen.

Aber über die Art, wie die Hiebe verabreicht werden sollten, gab es unterschiedliche Auffassungen. Irgendjemand schlug vor, dass wir schlicht und einfach einen Schlag in die Fresse kriegen sollten, aber die Ärzte waren anderer Meinung. Schließlich einigten sich unsere Richter über die Methode.

Lämsä und ich wurden an einen Baum gebunden, und dann bekam jeder von uns zehn Lianenhiebe auf den Rücken. Die Schande war groß, und schmerzhaft waren die Hiebe außerdem. Die Frauen wurden vollständig bekleidet ins Meer geworfen, dreimal. Dann war die Sache erledigt. »Ich würde es trotzdem glatt nochmal machen«, sagte Lämsä später am Abend. »Es war einfach gigantisch.«

18

Der britische Copilot Edward Keast war ein stiller Mann, und obwohl wir schon länger als einen Monat gemeinsam im Lager lebten, kannte ich ihn eigentlich kaum. Deshalb war ich ein wenig überrascht, als er eines Tages zu mir kam und sagte, dass er vertraulich mit mir reden wolle.

Ich hatte nichts dagegen.

»Mir spukt schon seit zwei Wochen eine ziemlich ausgefallene Idee durch den Kopf«, bekannte Keast. »Du kennst ja die internationalen Notsignale, das SOS-Zeichen. Ich weiß sehr gut, dass wir keine Notsignale aufs Meer aussenden können, weil im Inneren der Insel vielleicht ein Krieg im Gange ist. Auch euer Artilleriefeuer war eigentlich viel zu gefährlich, denn man hätte uns entdecken können.«

Er fuhr fort:

»Wir müssten uns also ein Notsignal ausdenken, das nicht hier in Melanesien, wohl aber in London, New York oder meinetwegen in Moskau bemerkt werden kann.«

»Wir müssten einen Radiosender bauen«, sagte ich.

»Daran habe ich zwar auch gedacht, aber wir sind nicht in der Lage dazu. Die entsprechenden Anlagen im Flugzeugwrack sind zerstört, und man könnte sie unter Wasser sowieso nicht ausbauen, selbst wenn sie intakt wären.«

Wir hatten uns ein Stück vom Lager entfernt. Keast sah mir in die Augen und sagte: »Hoffentlich hältst du mich nicht für einen Spinner.«

»Keine Sorge«, sagte ich.

»Den Erdball umkreisen ständig verschiedene Satelliten. Einige von ihnen sind für den Wetterdienst unterwegs, andere dienen der militärischen Spionage oder der Forschung. Sie alle fotografieren und filmen von ihrer Umlaufbahn aus die Erde. Weil wir keine Sendeanlagen haben, können wir den Satelliten auf diesem Wege keine Signale geben, wir müssen uns stattdessen etwas anderes ausdenken. Wenn es uns gelingt, irgendwie Kontakt zu ihnen herzustellen, dann haben wir Chancen, von hier gerettet zu werden.«

Keasts buchstäblich hochfliegenden Ideen begannen mich zu interessieren. Mir kam eine verrückte Idee. Wenn wir nun mit der Kanone direkt in den Himmel schießen würden? Laut äußerte ich das aber nicht.

Keast blickte aufs Meer, dann wandte er sich mir zu:

»Die niedrigste Flughöhe dieser Satelliten beträgt etwa tausend Kilometer, aus dieser Entfernung fotografieren sie die Erdoberfläche. Wenn wir hier unten eine Lichterscheinung hervorbringen könnten, die in ihrer Wirkung beispielsweise einem Vulkanausbruch gleichkommt, dann würde man uns vielleicht bemerken. Der Satellit würde die Erscheinung registrieren, und ich bin sicher, dass man sie in seinem Entsendeland untersuchen und dabei auf den Verursacher, also auf uns, stoßen würde.«

Der Mann war in Fahrt gekommen. Er redete enthusiastisch weiter:

»Wenn der Satellit in tausend Kilometern Höhe fliegt und sich auf der Erdoberfläche ein leuchtender Gegenstand beziehungsweise eine entsprechende Erscheinung von einem Kilometer Länge befindet, dann ist das direkte Verhältnis der Aufnahme eins zu tausend, stimmt's? Aber in Wirklichkeit ist das Verhältnis günstiger. Die Satelliten fotografieren die Erde mit Kameras mit großer Brennweite, und dadurch verändert sich das Verhältnis zu unseren Gunsten. Außerdem werden die Filme natürlich später im Entsendeland vergrößert, und interessante Ausschnitte werden Millimeter für Millimeter untersucht. Auch wenn die außergewöhnliche Lichterscheinung nur einen halben Kilometer lang ist, könnte sie schon Aufmerksamkeit erregen, glaubst du nicht?«

»Du meinst, wir sollten die Buchstaben SOS auf einem halben Kilometer Länge in den Dschungel malen und dann auf die Retter warten.«

»Genau das meine ich«, sagte Keast begeistert.

19

Keast und ich vereinbarten, dass wir diese revolutionäre Idee noch ein wenig weiterentwickeln würden, ehe wir sie unseren Leidensgefährten vorstellen wollten.

Wir dachten, dass ein Rettungsplan in dieser Form womöglich falsch aufgenommen würde, zumal es sich um eine ziemlich ausgefallene Methode handelte, der unfreiwilligen Gefangenschaft auf dieser Insel zu entrinnen.

Die folgende Nacht brachte uns allerdings zunächst ganz andere Probleme. Es brach ein tropischer Sturm aus.

Wenn von einem tropischen Sturm die Rede ist, können sich Europäer vermutlich kaum vorstellen, was das bedeutet. Jeder, der einmal einen solchen Sturm erlebt hat und Außenstehenden davon erzählen will, weiß, dass Worte diese Erfahrung nur begrenzt wiedergeben können. So geht es auch mir, aber ich will trotzdem, und im Wissen um meine unzulänglichen Fähigkeiten, versuchen, den Lauf der Ereignisse zu schildern.

Es begann am Abend des Tages, an dem Keast und ich uns unterhalten hatten. Vor die helle Sonne schoben sich ziemlich schnell blauschwarze Wolken, das Meer schäumte, und der Dschungel verstummte.

Der Himmel sah ungefähr so aus, als würde bei klarem Wetter eine Sonnenfinsternis eintreten, die Luft spannte sich wie eine Fessel unter dem Firmament, und nur kleine Windstöße schüttelten die Bäume im Dschungel. Es war, als wollte der schwarzgelbe Himmel mit seinem Gewicht alles, was unter ihm war, ersticken.

Dieses drückende, bedrohliche Vorspiel dauerte nur ein paar Minuten, und dann knallte es: Der schwarzgelbe Himmel bekam Risse, der Donner grollte, und sofort war der Wind da, wild wie in einer Hexenküche. Er fuhr in die Wellen und bügelte sie glatt, verrührte die Brandung zu einer weißen Schaummasse und drückte eine zischende Wand gegen den Dschungel. Dort drinnen begann es zu krachen. Bäume knickten um oder wurden mit den Wurzeln aus der Erde gerissen. Das Meerwasser stieg um mehrere Meter, der Strand wurde zu einem siedenden weißen

Schaumbad, und wir alle rannten Hals über Kopf in den klatsch-
nassen Dschungel, stolperten dabei über Hindernisse und hörten nicht einmal unsere eigenen Schreie.

Unser ganzes Lager wurde auseinander gesprengt.

Die Kranken, die auf unserer provisorischen Station lagen,
konnten wir gerade noch vor dem anstürmenden Meer in Sicherheit bringen. Die Schutzdächer, die wir an der Grenze zwischen Sandstrand und Dschungel errichtet hatten, wurden
weggerissen, der Wind wehte das Zubehör als flatternde Fetzen
in die Dunkelheit, in der wohl nicht einmal eine Schlange ruhig
ihr Leben weiterführen konnte.

Die Sonne taucht in den Tropen stets wie ein roter Stein ins
Meer, und jetzt bei Sturm kündigte dieses Ereignis nur die Zu-
nahme der Dunkelheit an. Binnen weniger Minuten entstand
undurchdringliche Finsternis, die nur vom zuckenden Licht der
Blitze durchbrochen wurde.

Dieses schreckliche Ereignis dauerte etwa zwei Stunden, und
dann war alles vorbei. Das Meer schäumte noch, zog sich aber
langsam aus dem Dschungel zurück, die Blitze verschwanden,
der Donner verstummte, wir hörten wieder unsere Stimmen.

In dieser Nacht schliefen wir jedoch nicht, und wir fanden auch
nicht am Strand zusammen.

Am Morgen stieg die Sonne unschuldig aus dem Meer auf, so
als wisse sie überhaupt nichts von dem nächtlichen Unwetter.
Der rote Ball erhob sich schnell aus den hohen Wellen, und wir
konnten sehen, was passiert war.

Das Lager war zerstört. Die Leute waren müde, redeten leise
miteinander. Tief drinnen im Dschungel, etwa fünfzig Meter
landeinwärts, glänzte ein großer, nasser Metallgegenstand, es
war die Tragfläche des Flugzeugs. Der Sturm hatte sie dort hin-
geschleudert. Der Motor war abgefallen, und der riesige Flügel

aus Leichtmetall lag da blinkend, umarmt von abgebrochenen Bäumen. Der Dschungel und der Sandstrand dampften wie nach einer Schlacht.

Unser in den Dschungel gespültes Eigentum konnten wir mühelos wieder einsammeln, und am Nachmittag war der größte Teil der Schutzdächer wieder an seinem Platz. Die tropischen Pflanzen richteten sich auf, der Dschungel schloss seine Wand, die Spuren des Sturms blieben in seinem Inneren verborgen. Diese ungewöhnliche Regenerationsfähigkeit setzte mich in Erstaunen, es war, als hätte am Strand eine heimliche Teufelsanbetung stattgefunden, eine unwirkliche Orgie, von der am folgenden Tag keine Spur mehr zu sehen war.

Unser Gummifloß war in Ordnung, und wir ruderten gleich am Nachmittag hinaus, um zu sehen, ob das Wrack noch da war.

Es war verschwunden.

Die im Sturm entstandenen Meeresströmungen hatten es vom Grund gehoben und mitgenommen. Wir sahen es nie wieder. Nur der in den Dschungel geschleuderte riesige Flügel blieb uns als Erinnerung an die englische Trident-Maschine.

»No step«, stand als Warnung an dem Flügel. Kleine Schlangen krochen über die Metallfläche, und aus dem Spektakel der Affen war zu schließen, dass sie vom Auftauchen dieses großen und seltsamen Gegenstands ziemlich schockiert waren.

Forstmeister Laakkio erklärte, dass uns der Flügel noch von großem Nutzen bei der Salzbeschaffung sein würde; die großen Deckplatten aus Aluminium würden sich, wegen ihrer Ausmaße, ausgezeichnet als Kochgefäß eignen. Wir müssten nur versuchen, sie vom Gerippe des Flügels abzumontieren.

Am nächsten Tag lösten wir die größte obere Platte, von der Fläche her etwa neun Quadratmeter. Wir schleiften sie an den Strand und bogen ihre Ränder um, sodass eine Art Gefäß entstand. Dann holten wir große Steine, die wir unter die Platte legten, anschließend drehten wir sie um und machten darunter Feuer. Nun füllten wir die Rinne mit salzigem Meerwasser und warteten ab.

Das Flügelstück erfüllte seine Funktion als Aluminiumkessel. Das Wasser siedete, und als wir in die Mitte der Platte eine Vertiefung hämmerten, sammelte sich darin immer salzigeres Wasser.

Nach drei Tagen besaßen wir bereits mehrere Kilo Salz, aus Meerwasser gekocht.

Wir dankten dem grausamen Meer für dieses Geschenk. Von nun an brauchten wir uns nicht mehr nach Salz zu sehnen. Unsere Bedingungen waren nahezu vollkommen.

20

Nach dem Sturm stabilisierte sich das Leben wieder. Keast und ich machten uns daran, seine Idee weiterzuentwickeln.

Um die großen SOS-Buchstaben bis in Satellitenhöhe hinauf sichtbar zu machen, müssten wir sie anzünden und sie so an den Himmel projizieren. Aber wie sollten wir den Dschungel in Flammen setzen? Das erschien uns schwierig, denn die Luft war heiß und feucht, und feucht war auch die Vegetation. Der Dschungel würde nicht brennen, sodass diese Möglichkeit ausschied.

Wir fanden auch keinen Vulkan, der auf unseren Wunsch hin ausbrach.

Schließlich kamen wir auf die Idee, dass wir riesige Schneisen in der Form von SOS-Buchstaben in den Dschungel roden müssten – wir würden einfach die Bäume abhacken und sie in den so entstandenen Schneisen für ein Feuer aufschichten. Wenn dieses Holz dann getrocknet wäre, könnten wir es anzünden, und so würden die feurigen Riesenbuchstaben entstehen, die nach menschlichem Ermessen bis ins Weltall zu sehen sein müssten.

Aber es würde eine gewaltige Arbeit sein. Die Buchstaben müssten mindestens einen halben Kilometer Länge haben, damit der Erfolg garantiert war. Keast meinte, dass wir die Buchstaben nachts anzünden müssten, dann würden sie gut genug zu sehen sein. Er war sich sicher, dass auch des Nachts ein Satellit über diese Region hinwegflog, vielleicht sogar mehrere.

Als ich Zweifel äußerte, ob die Satelliten auch während der Dunkelheit die Erdoberfläche fotografierten, beruhigte er mich: »Doch, das tun sie. Die Wettersatelliten fotografieren nicht nur die Wolken, sondern auch die Sonnenauf- und -untergänge. Die dunkle Zeit ist sehr kurz, sodass es nicht sinnvoll ist, jedes Mal die Filmspule anzuhalten, wenn der Satellit die dunkle Hälfte der Erdkugel überfliegt. Die Satelliten umrunden die Erde ja mehrere Male innerhalb von vierundzwanzig Stunden. Eine Lichterscheinung, die in der Nacht auftaucht, erregt ganz besondere Aufmerksamkeit.«

Es war eine sonderbare Vorstellung, dass wir drei riesige Buchstaben in den Dschungel »schreiben« würden. Aber so war es nun mal: Wenn wir Europa von uns in Kenntnis setzen wollten, waren wir tatsächlich zu dieser Maßnahme gezwungen. Als Tinte würden wir Feuer benutzen, als Papier die Erde. Der Leser wäre ein lautlos durchs Weltall sausender Satellit.

Eine grandiose Sache.

Wir beschafften uns ein Stück Schnur. Dann machten wir uns an die detaillierten Berechnungen. Wir malten SOS-Buchstaben von einem halben Meter Länge in den Sand, maßen mit der Schnur und rechneten die gemeinsame Gesamtlänge aus. Der

Buchstabe S wäre, ausgezogen, 850 Meter lang. Der Buchstabe O wäre noch aufwändiger: Bei unseren Messungen zeigte sich, dass für das O eine Schneise von insgesamt 1,3 Kilometern in den Dschungel geschlagen werden müsste. Im Sand entstand die folgende Berechnung:

S x 2 x 850 plus O bzw. 1300 = 3000, also drei Kilometer!

Das Ergebnis verblüffte uns. Wir überprüften die Maße, und jedes Mal kamen wir zu demselben Ergebnis. Wir müssten drei Kilometer Buchstabenschneise in den Dschungel schlagen.

Da der Dschungel dicht und hoch war, müssten die Schneisen eine entsprechende Breite haben, damit die am Boden entzündeten Feuer bis ins Weltall zu sehen wären. Wir veranschlagten fünfzehn Meter als Bedingung für den Erfolg. Als wir die Gesamtfläche ausrechneten, kamen wir auf ein Ergebnis von fünfundvierzigtausend Quadratmetern bzw. viereinhalb Hektar.

Wir hätten ein Gebiet zu roden, das der Feldfläche eines finnischen Kleinbauernhofes entsprach. Wie sollten wir die Kraft aufbringen, das alles zu bewältigen?

»Aber wir sind ja immerhin etwa fünfzig gesunde Menschen«, sagte Keast. »Und wir haben zehn professionelle Waldarbeiter unter uns, außerdem auch einen Forstmeister. Moment, das würde bedeuten, auf eine Person würden nur knapp tausend Quadratmeter Rodefläche entfallen. Das entspricht etwa der Größe eines Stadtgrundstücks. Bei uns in Birmingham gibt es auch Grundstücke, die noch größer sind.«

Das stimmte. Wir brauchten auf unseren Plan also nicht zu verzichten.

Auf jeden Fall würden die Rodungsarbeiten mindestens ein halbes Jahr dauern.

Aber mussten wir unbedingt in den Dschungel *schreiben?* Vielleicht kämen wir günstiger weg, wenn wir irgendein anderes Zeichen unserer Not auf den Boden malen würden – ein Kreuz, ein Dreieck, einen Kreis oder einfach nur einen geraden Strich?

Das war jedoch kein guter Gedanke. Wir sagten uns, dass geometrische Figuren falsch interpretiert werden könnten, man würde sie vermutlich für Startbahnen von Flugplätzen oder Strandpromenaden von künstlichen Seen halten. Es lohnte sich nicht, stellten wir fest.

Ein Hakenkreuz ließe sich allerdings leicht in den Dschungel roden, und es würde garantiert Aufmerksamkeit erregen. Trotzdem verzichteten wir auf diese Möglichkeit.

»Man würde uns Bomben auf den Kopf schmeißen«, sagte Keast.

Wir gingen ins Lager, um den Plan vorzustellen.

21

Edward Keast und ich berichteten der schwarzen Hebamme und Vanninen von unserem Projekt. Die beiden waren total begeistert und beeilten sich, das ganze Lager zu informieren.

Die Idee wurde geradezu jubelnd begrüßt. Die Leute staunten, dass uns ein solcher Gedanke – so unmöglich, aber doch auch wieder ganz vernünftig – in den Kopf gekommen war. Kaum einer zweifelte am Gelingen des Plans. Einige hingegen beklagten, dass sich die Rettung so lange hinauszögern würde – im schlimmsten Falle könnte sogar ein ganzes Jahr vergehen, ehe der Versuch zu einem Ergebnis führen würde.

Aber in unserer Situation bedeutete der Plan trotzdem das Aufkeimen neuer Hoffnung, und das wirkte sich positiv auf alle aus. Die Stimmung im Lager stieg, die Leute dachten sich Details für den Plan aus, und es war unbestritten, dass er in die Tat umgesetzt werden würde.

Jetzt, da klar schien, dass wir etwa ein Jahr auf der Insel bleiben würden, wurde die Frage nach einem Regierungssystem aktuell – bisher hatten ja Personen das Zepter in der Hand gehabt, die eher zufällig gewählt worden waren.

Wir beschlossen, dass es von nun an im Lager alle zwei Wochen eine Mitgliederversammlung geben sollte, auf der jeder Lagerbewohner das Stimmrecht hatte – auch der Indonesier Janne. Die Aufgaben dieser Versammlung sollten die Wahl der Lagerleitung und der Gruppenleiter, die Annahme von Plänen, die Aufrechterhaltung der Ordnung, die Festlegung von Strafen und die Lösung anderer anfallender Probleme sein. Sie sollte das beschlussfassende Organ sein, vor dem sich sowohl die Lagerleitung als auch die einzelnen Kommissionen zu verantworten hätten.

Wir stellten fest, dass wir solche Kommissionen tatsächlich brauchten. Es kam immer mal wieder zu kleinen Zwischenfällen, bei denen wir einheitliche Richtlinien für die Festlegung der Strafen brauchten – und so beschlossen wir also, ein paar gesetzesähnliche Bestimmungen zu definieren, die dann zu einem Statut zusammengefasst werden konnten. Wir vereinbarten zum Beispiel, dass wir im Lager nur ein bedingtes Recht auf Privateigentum gestatten wollten, damit es keine Anreize zu Eigentumsdelikten geben sollte. Wenn alles gemeinsamer Besitz wäre, dürfte niemand auf die Idee kommen, zu stehlen oder sich auf Kosten anderer eigene Reserven anzulegen.

Die Erarbeitung des Statuts war ziemlich einfach, dafür reichten wenige Tage, und auf der ersten Mitgliederversammlung wurde es angenommen.

Das Statut – eine Art Strafgesetzbuch also – beinhaltete das

Verbot des Anhäufens von Besitz und die für eine Zuwider-
handlung zu verhängenden Strafen. Wir verzichteten auf die frü-
heren körperlichen Züchtigungen (bisher waren ja männliche
Delinquenten ausgepeitscht und weibliche ins Wasser getaucht
worden) und entschieden uns für eine disziplinarische Maßnahme in Form der Ausweisung aus dem Lager. Kleinere Vergehen
sollten mit verschärftem Arbeitseinsatz bestraft werden, bei größeren Vergehen sollte die betreffende Person für einen oder
mehrere Tage aus dem Lager ausgestoßen werden, und die här-
teste Strafe, zum Beispiel für Mord, wäre die endgültige Vertrei-
bung aus unserer Mitte.

Auch die Fortbildung musste organisiert werden. Die erste Mitgliederversammlung, die gut einen Monat nach dem Flugzeugunglück und einige Tage nach dem Verkünden des SOS-Planes
stattfand, beschloss ebenfalls, dass das Studium der finnischen
Sprache planmäßig erfolgen würde. Bis dahin waren bei uns
drei, vier Sprachen durcheinander gesprochen worden, hauptsächlich jedoch finnisch und englisch. Da wir Finnen in der
Mehrzahl waren, dominierte auch unsere Sprache im Lager, und
die Vertreter der anderen Nationen hatten sie in dem einen Monat unseres Aufenthalts schon ganz gut gelernt. Jetzt war es jedoch an der Zeit, einen richtigen Finnisch-Unterricht in die Wege zu leiten, denn ein einjähriger Aufenthalt auf der Insel
bedeutete, dass wir sobald wie möglich die Sprachprobleme los-
werden mussten.

Da sich unsere Verpflegungssituation gebessert hatte, verfügten
wir über mehr Zeit als bisher. Wir vereinbarten, dass zweimal
täglich Finnisch-Unterricht stattfinden sollte, eine Stunde am
Morgen und zwei Stunden am Abend. Ferner wurden zwei
Gruppen gebildet, in denen Schwedisch und Englisch gelernt
wurde. Die Teilnahme daran war freiwillig, und bald schlief die-

ser Unterricht denn auch ein – die Finnen legten keinen Wert auf Englisch oder Schwedisch, und die Vertreter dieser Länder wiederum hatten keine Lust auf die jeweils andere Sprache, da sie ja auf jeden Fall Finnisch lernen mussten. Vanninen betätigte sich gern als Lehrer, und auch ich musste Unterricht geben.

Papier fehlte uns – oder besser gesagt, wir hatten weder Papier noch Lehrbücher. Wir malten unsere Notizen mit einem Span in den Sand, und das ging ganz gut.

Der Finnisch-Unterricht zeigte bald Wirkung, sodass die größten Sprachschwierigkeiten beseitigt waren. Trotzdem wurden weiterhin mehrere Sprachen gesprochen, und das war auch gut so, denn schließlich vertraten wir unterschiedliche Nationen.

Frau Sigurd nahm allerdings nie am Finnisch-Unterricht teil, was aber nicht bedeutete, dass sie sich sprachlich nicht weiterbildete. Für sie ergab sich nämlich die Möglichkeit zu einem noch interessanteren Studium – der Indonesier Janne hatte begonnen, ihr seine Muttersprache beizubringen.

Die beiden waren inzwischen zusammengezogen. Dieser Umstand wirkte sich nicht nur für sie, sondern für das ganze Lager positiv aus. Frau Sigurd war irgendwie umgänglicher geworden, nachdem sie mit Janne eine provisorische Familie gegründet hatte. Mir schien, dass sie selbst mich nicht mehr mit so stechenden Blicken ansah wie vorher.

Trotz des gemeinsamen Daches mit dem Indonesier ließ sich Frau Sigurd von unseren Ärzten keine Spirale einsetzen.

22

Wir machten uns mit großem Eifer an die Realisierung des SOS-Planes. Die Äxte wurden geschärft, Pfähle geschnitzt, die ersten Bäume gefällt. Wir bildeten mehrere Gruppen, die sich an den Arbeitsgeräten abwechselten, denn die Äxte reichten nicht für alle. Außerdem fielen noch andere Arbeiten an: Äste mussten aus der Schneise geräumt, in der Untervegetation Platz für Feuerstellen geschaffen, die großen Stämme zur Seite geschafft werden.

Ehe die Arbeit richtig in Gang kam, gab es jedoch einen Zwischenfall, an dem leider auch ich beteiligt war.

Die finnischen Waldarbeiter Lakkonen und Lämsä waren gute Freunde, und immer öfter sah man noch einen dritten Mann in ihrer Gesellschaft, nämlich George Reeves, den zweiten Copiloten der britischen Maschine. Diese drei waren in der Freizeit viel zusammen – sie jagten, fischten und lernten gemeinsam. Oft verschwanden sie für längere Zeit im Dschungel, blieben sogar ganze Nächte auf ihren Ausflügen weg.

Als dann der Sturm die Tragfläche des Flugzeugs in den Dschungel geschleudert hatte, bauten die Männer mit großem Eifer Leichtmetallplatten von dem Flügel ab. Sie sagten, dass sie daraus Kochgeschirr für das Lager anfertigen wollten, und ein paar kleine Töpfe übergaben sie tatsächlich an die Lagerküche. Aber sie hatten sehr viel mehr Blech abmontiert, und wofür sie den größeren Rest benutzten, erfuhren wir nicht.

Eines Tages sagte Vanninen zu mir:

»Mir scheint, die drei haben irgendetwas Besonderes am Laufen.«

Er erwähnte noch, dass Lakkonen, Lämsä und Reeves in letzter Zeit immer sehr lustig seien, sie sangen britische Seemannslieder und finnische Bänkelgesänge und wollten sich schier totlachen über Witze, die ein Außenstehender überhaupt nicht verstand.

»Sieh mal, jetzt zum Beispiel«, sagte Vanninen. »Da drüben lärmen sie wieder herum.«

»Wenn ich nicht wüsste, dass der japanische Spiritus bei Frau Sigurd in sicherer Verwahrung ist, würde ich sagen, die drei haben ihn getrunken«, sagte ich.

Vanninen war überzeugt, dass die drei betrunken waren, eine andere Erklärung gab es nicht. Er vermutete, dass sie im Dschungel Schnaps herstellten, und fand, wir müssten das aufklären.

»Geht uns das wirklich etwas an?«, meinte ich zweifelnd. Andererseits war ich durchaus interessiert.

Wir beschlossen aufzupassen: Wenn die Männer das nächste Mal zu ihrem geheimnisvollen Ausflug in den Dschungel aufbrechen würden, wollten wir ihnen folgen.

Schon am nächsten Tag setzten sie sich in Marsch, unmittelbar nachdem sie vom Bäumefällen zurück waren. Sie gingen nach der schweren Arbeit nicht einmal baden, sondern stapften im Gänsemarsch in den Dschungel. Vanninen und ich machten uns an die Verfolgung.

Während die drei über den Pfad wanderten, unterhielten sie sich laut, aber nach etwa einem halben Kilometer verebbte das Gespräch. Die Männer hatten den Pfad verlassen und schlichen durchs Laub. Vanninen und ich verharrten und lauschten den Stimmen der Vögel und Affen – dadurch konnten wir den Weg unserer Opfer ins tiefe Dickicht verfolgen. Wir waren aufgeregt und schämten uns zugleich auch ein bisschen.

Bald waren die missbilligenden Schreie der Affen nur noch von einer bestimmten Stelle zu hören. Wir errieten, dass die Männer Halt gemacht hatten.

Es roch nach Rauch. Wir krochen durch den feuchten Dschungel nahe an die Stelle heran und hörten bald eine leise Unterhaltung, die wir jedoch nicht verstanden. Die Vögel und Affen hatten sich bereits beruhigt, und beim Heranschleichen fürchteten wir, von den Männern entdeckt zu werden. Aber diese Gefahr bestand nicht, die drei wiegten sich in Sicherheit. Bald konnten wir ihre Worte verstehen:

»Heute trinken wir nur jeder einen halben Liter«, sagte Lämsä. Die anderen lachten beifällig.

Bald waren wir so dicht herangekommen, dass wir sehen konnten, was vor sich ging.

Es war eine ganz gewöhnlich aussehende Schnapsbrennerei. Ein Kessel aus Leichtmetall hing über einem Feuer, aus dem grauer, dampfender Rauch aufstieg und nach oben ins dichte Laubwerk der Bäume schwebte. Das Feuer brannte nur kümmerlich, und die Männer knieten sich abwechselnd nieder und bliesen hinein, wobei ihre Augen von dem Rauch tränten.

Das Kühlsystem war pfiffig angelegt. In ausgehöhlter Baumrinde stand Wasser, und dort hinein führte ein Metallrohr, vermutlich ein Kerosinrohr, das sie aus der Tragfläche des Flugzeugs herausgeschlagen hatten. Das blecherne Kochgefäß hatten sie allem Anschein nach mithilfe von Kokosharz oder Ähnlichem zusammengefügt. Als Aufbau diente ein kleineres Gefäß, in dessen Deckel sich ein Holzzapfen, das Reserveventil, befand. Aus den Spalten um den Zapfen sprudelte Dampf. Aus der Baumrindenschale, also dem Kühltrog, ragte am anderen Ende der Produktionskopf des Rohrs, der fauchend Dampf und dazu eine Flüssigkeit ausstieß, bei der es sich eindeutig um Branntwein handelte.

»Ich möchte bloß wissen, wie sie die Schlempe hergestellt haben«, flüsterte mir Vanninen mit deutlicher Neugier in der Stimme zu.

Wir standen auf und traten zu den Männern.

Lämsä war gerade dabei, das Auffanggefäß zu wechseln, und er war so verdattert, dass er das volle beinah umgestoßen hätte. Reeves und Lakkonen sahen uns entsetzt an.

Ich fand, dass die Situation haargenau an jene überraschenden Auftritte erinnerte, die die finnischen Landpolizeikomissare seit alters her den Schnapsbrennern in ihren Verstecken zu bieten pflegen.

Ich amüsierte mich und schämte mich zugleich.

Schließlich sagte Reeves:

»Kann ich den Herren einen Drink anbieten?«

Lämsä hielt uns beflissen zwei gefüllte Kokosbecher hin, und das Angebot erschien sowohl Vanninen als auch mir so unbedenklich und verlockend, dass wir sofort zugriffen.

Wir kosteten vorsichtig. Das Getränk brannte am Gaumen und im Rachen, sein Geschmack erinnerte an Fusel, vielleicht auch ein bisschen an Genever.

Vanninen leerte seinen Becher, wischte sich den Mund und sagte:

»Dies ist ganz eindeutig ein destilliertes Alkoholgetränk.«

Die Schnapshersteller nickten eifrig. Es schien, als warteten sie auf weitere Bewertungen. Ich fragte:

»Die wievielte Ladung ist es?«

»Erst die zweite«, erwiderten die Männer rasch. »Vorher haben wir Kokoswein hergestellt, aber davon kriegte man Durchfall, wenn man größere Mengen trank.«

Die Männer erklärten den Herstellungsprozess. Im Dschungel gab es diverse Früchte, die sich für den Zweck eigneten und die sie gären ließen, indem sie warteten, bis sie verfaulten. Sie hatten eine probate Methode gefunden, den Gärungsprozess zu beschleunigen: Sie sammelten vom Boden und von den Ästen der Bäume eine pilzartige Masse, eine Art Schimmel, den sie in warmem Wasser weichen ließen, das ergab eine recht gute Paste, die sie zu den gärenden Früchten in den Bottich gaben. Nun stampften sie die Mischung und erwärmten sie vorsichtig, damit die Gärung richtig in Gang kam. Nach mehreren Tagen fügten sie in den Bottich noch mehr warmes Wasser und weitere Früchte hinzu, und das Ergebnis war eine Art Sider. In dieser Phase hieß es aufpassen, damit die Flüssigkeit nicht zu Essig wurde – und am Ende des Gärungsprozesses gruben sie den dreißig Liter fassenden Holzbottich in die Erde. Bei den dort herrschenden kühlen Temperaturen verlangsamte sich die Gärung, und an der Oberfläche bildete sich trinkbarer Wein.

Diesen Dschungelwein hatten sie mehrere Wochen lang hergestellt und konsumiert, aber als der tropische Sturm es ermöglicht hatte, aus den Flugzeugteilen Destillationsapparate anzufertigen, hatten sie beschlossen, statt Wein lieber ein schärferes Getränk zu produzieren. Das System funktionierte inzwischen, momentan war die zweite Fuhre Kokosschnaps in Arbeit.

Das Schnapsbrennertrio geizte nicht, sondern schenkte uns großzügig nach, und wir sagten nicht Nein. Das Zeug schmeckte sehr scharf, aber das hatte Branntwein nun mal so an sich. Ich hatte in Finnland schon viel schlechteren getrunken und musste ihn sogar noch bezahlen.

Der Kokosschnaps stieg uns zu Kopf, und wir verdammten die drei Hersteller nicht, sondern schlossen uns ihrer fröhlichen Gesellschaft an. Das Feuer unter dem Kessel wurde geschürt, und wir verfolgten mit eifrigem Interesse das Heraustropfen der Flüssigkeit am Ende des Rohrs. Zigaretten fehlten uns zwar zum vollständigen Genuss, aber sonst war unsere Stimmung wirklich prima.

Gegen Abend torkelten wir an den Strand zurück und waren so betrunken, dass das ganze Lager von der Sache erfuhr.

Es kam der nächste Tag.

Die Lagerbewohner warfen Vanninen und mir vor, wir seien verantwortungslos und unzuverlässig, da wir uns des Konsums von heimlich gebranntem Alkohol schuldig gemacht hatten, obwohl wir der Leitung des Lagers angehörten. Wir gaben die Entgleisung zu und erklärten uns bereit, die entsprechende Strafe zu empfangen.

Eine Versammlung wurde abgehalten, und auf ihren Beschluss hin wurden wir aus der Leitung entlassen, in der nur mehr die schwarze Hebamme verblieb, Lakkonen, Lämsä und Reeves wurden zu zwei Tagen verschärftem Arbeitseinsatz beim Bäumefällen verdonnert.

Aber die Sache war damit noch nicht abgeschlossen.

»Da es diesen Männern gelungen ist, unter den hiesigen Bedingungen Alkohol herzustellen, müssen wir gemeinsam entscheiden, wie wir uns künftig dazu verhalten. Wollen wir das Schnapsbrennen erlauben oder nicht?«, fragte die schwarze Hebamme.

Sofort spaltete sich das Lager in zwei Gruppen: Die einen waren für absolute Enthaltsamkeit, die anderen fanden, dass wir kein Verbot verhängen, sondern die Alkoholherstellung legalisieren und für das ganze Lager Ausschankregeln festlegen sollten.

Wir beschlossen abzustimmen.

Der Beschluss fiel knapp aus: Mit einer Mehrheit von zwei Stimmen wurde das angestrebte Verbot gekippt und die Alkoholherstellung somit gebilligt.

Danach war es dann einfach, ein Alkoholgesetz für das Lager festzulegen. Die Herstellung sollte ausschließlich außerhalb der Arbeitszeit erfolgen, damit dadurch nicht das Leben im Lager belastet und der Fortgang der Rodungsarbeiten gefährdet würden, außerdem beschlossen wir, dass die Abstinenzler unter uns nicht an der Herstellung teilzunehmen brauchten und dass das

Trinken überwacht würde, damit niemand dem Suff verfiel und seine anderen Aufgaben vernachlässigte.

Der Preis des Getränks wurde dahingehend festgelegt, dass eine Stunde gemeinnütziger Arbeit zum Empfang von zwei Bechern Kokosschnaps berechtigte. Etwa 12 cl, danke.

23

Nach dem Knatsch mit dem Kokosschnaps leitete also die schwarze Hebamme allein das Lager, da Vanninen und ich wegen unseres Vergehens entlassen worden waren. Wir waren darüber nicht gerade böse, denn die Leitung einer so großen Gemeinschaft ist letztes Endes eine ziemlich undankbare Aufgabe.

Die schwarze Hebamme brachte Schwung in den SOS-Plan. Sie war die geborene Organisatorin: Die Arbeitsgruppen bekamen genaue Anweisungen, die Instandhaltung der Arbeitsgeräte wurde organisiert, und aus den Stahlteilen der Tragfläche wurden weitere angefertigt, unter anderem langstielige Astsägen. Die schwarze Hebamme ordnete an, dass die finnischen Waldarbeiter die Gruppen anleiten und ihnen zeigen sollten, wie man Bäume fällt. Die Männer waren natürlich Profis, und so gab es bald sichtbare Erfolge.

Wir schlugen eine Probefläche in den Dschungel, und zwar eine gebogene Schneise von fünfzehn Metern Breite und fünfzig Metern Länge. Es sollte der südliche Bogen des ersten S sein. Wir hatten beschlossen, die Buchstaben in Nord-Süd-Richtung anzulegen, so wie die geographischen Ortsbezeichnungen auf der Landkarte.

Für die Probeschneise benötigten wir zwei Wochen. Wir hackten die kleinen Dschungelpflanzen ab und schleppten sie an den Rand der freien Fläche. Die großen Bäume zu fällen war mühsamer, denn einige von ihnen hatten ein Holz, das so hart war wie Stein. Die Äxte mussten immer wieder geschliffen werden, und wir vergossen Ströme von Schweiß. Besonders scheußlich war die Arbeit mit den Mangrovenbäumen in der Uferzone, sie waren groß und hatten weit verzweigte Wurzeln, und zu allem Überfluss standen sie in wässrigem, fast morastigem Boden.

Die größten Dschungelriesen waren so dick, dass es günstiger war, sie nicht unten, sondern erst in ein paar Metern Höhe abzuschlagen, wo der Stamm bedeutend schlanker war. Wir bauten transportable Gestelle, sodass das Fällen dieser Bäume von weitem so wirkte, als stünden die Männer auf Baugerüsten und reparierten die Bäume mit Äxten. Für einen einzigen dieser großen Bäume brauchten wir zwei, manchmal auch drei Tage, und einmal hatten wir es mit einem so riesigen Exemplar zu tun, dass ganze sechs Tage dabei draufgingen.

Als wir unsere Probeschneise fertig hatten und begutachteten, kamen wir zu dem Schluss, dass das System vernünftig war und wir in diesem Stil weitermachen konnten.

Bei der Arbeit auf den Gerüsten legten wir hin und wieder Ruhepausen ein, in denen wir uns über alles Mögliche unterhielten. Ich muss an einen Tag denken, an dem Lakkonen sagte, dass er noch nie einen so irren Job gehabt habe. Lämsä sagte darauf:

»Ich war einmal am Fluss Kuirujoki in Lappland bei einem noch verrückteren oder zumindest doch sehr ungewöhnlichen Einsatz.«

Der dortige Großbauer, ein alter bärbeißiger Kerl, hatte seit Jahren mit seinem nächsten Nachbarn im Streit gelegen. Die hundert Hektar Land und das große Haus des Bauern lagen am

Fluss oberhalb der Stromschnelle und das Häuschen des verhassten Nachbarn am Unterlauf des Flusses. Woher der Hader rührte, wusste niemand, auch Lämsä nicht, der mit einem Flößertrupp ins Dorf gekommen war.

Der Großbauer hatte alles unternommen, um seinen Nachbarn am Unterlauf zu ärgern, hatte auch versucht, dessen Hof zu kaufen, aber es war ihm nicht gelungen, den Mann loszuwerden. Schließlich hatte er sich einen seiner Meinung nach großartigen Plan ausgedacht. Er hatte beschlossen, Häuschen und Sauna seines Nachbarn durch die Kräfte der Natur zu zerstören.

Der Bauer engagierte den gesamten Flößertrupp, insgesamt sechzig Männer, und ließ sie eilends am Oberlauf Bäume fällen.

»Das war vielleicht ein Job, wirklich hart und total irre«, erzählte Lämsä. »Mit unseren Motorsägen nieteten wir besten Wald um, Vorsicht und Auswahl waren nicht gefragt, sondern wir konnten die Bäume absägen, wie es gerade kam, ebenso die Äste. Als Schnittholz wäre das nie akzeptiert worden, aber der Bauer sagte, dass es ihm bloß darauf ankäme, mehrere tausend Stämme vor Ende der Schneeschmelze an die Stromschnelle zu kriegen. Er ließ acht Traktoren kommen, und mit ihrer Hilfe wurden die Stämme zu meterhohen Stapeln am Ufer aufgeschichtet. Dann, als der Bauer fand, dass genug Holz da war, holte er sich von einer Rodungsfirma vier Raupenschlepper, und eines Morgens kam er mit der Stoppuhr in der Hand auf den Holzplatz und gab allen Raupenschlepperfahrern das Zeichen, dass sie die Stämme in die Stromschnelle schieben sollten, so schnell wie möglich und alle gleichzeitig.«

Die Aktion lief an: Tausende von Stämmen waren im Nu im Fluss, und die Männer schoben von Hand immer noch weitere nach. Der Bauer hatte sich gedacht, dass auf diese Weise, wenn also auf einen Schlag Unmengen von Holz in den Fluss geworfen werden, am Unterlauf garantiert eine Stauung entsteht und das Wasser so stark ansteigt, dass das Nachbarhaus mit weggeschwemmt wird, ebenso natürlich die Sauna und vielleicht sogar der Kuhstall, der allerdings fünfzig Meter vom Ufer entfernt stand. Der Kommissar fand zwei Jahre später entsprechende Zeichnungen unter der Matratze des Bauern.

Aber es waren zu viele Stämme: Die Stauung entstand fast unmittelbar am Holzplatz, und als der Bauer das sah, rannte er zu den Raupenschlepperfahrern, um ihnen zu sagen, dass sie aufhören sollten. Aber er konnte nur noch einen von ihnen stoppen, dann stand das Wasser schon so hoch, dass er zu den anderen mit einem Boot hätte rudern müssen.

Das Wasser stieg schnell, das ganze Becken füllte sich, und dann gab der Damm so weit nach, dass das Wasser auch oberhalb der Stromschnelle stieg. Es stieg den ganzen Tag, und spätabends stand es schon bis an die Fensterbretter des Großbauernhauses. Unterhalb des Staus hatte das Wasser natürlich seine normale Höhe, wenn überhaupt. Trotzdem trieb der dortige Siedler seine Kühe aus dem Stall auf die schneebedeckte Weide und kam dann an den Oberlauf, um sich die Situation dort anzusehen.

Das Wasser stieg auch in der Nacht, sodass sich die Sauna des Großbauern schließlich vom Boden löste und in den Stau schwamm.

Am nächsten Morgen kamen die Männer von der Forstverwaltung und sprengten den Stau. Das Wasser sank langsam, und durch Nachschieben von Hand konnte der Stau gänzlich aufgelöst werden. Als die Stromschnelle frei war, riss sie die Sauna mit sich, auf der Höhe des Kleinbauernhauses brach ihr Schornstein.

»Das Haus des verhassten Nachbarn wurde nicht weggeschwemmt, auch nicht die Sauna. Als der Bauer das alles sah, wurde er so fuchsteufelswild, dass er damit drohte, die Raupenschlepperfahrer zu erschießen, aber die waren schon dabei, ihre Maschinen vom Fluss wegzufahren. Der Bauer war so wütend über das Scheitern seines Plans, dass er, nachdem das Wasser halbwegs abgeflossen war, in seinen Kuhstall ging und dort mit der Axt ein Schwein tötete. Wir sahen bloß, wie er, immer noch bis zum Gürtel im Wasser, mit der Axt hineinrannte. Dass er ein Schwein totgeschlagen hatte, merkten wir daran, dass aus der Dungluke des Stalls blutiges Wasser floss, außerdem war von drinnen schrecklicher Lärm zu hören, das Kreischen des Schweins und die Flüche des Bauern.

Trotzdem hat er uns am nächsten Tag alle entlohnt, und er hat sogar gelacht, nachdem er sich ein bisschen beruhigt hatte«, erzählte Lämsä. »Die Stämme hat er zu Brennholz zerhacken lassen, als Sägeholz waren sie ungeeignet. Im Stall waren ihm übrigens drei Mutterschafe ertrunken, oder vielleicht hat er sie in seiner Wut selber ertränkt.«

Aber auch unsere Rodungsaktion war sehr ungewöhnlich, vor allem hinsichtlich der Produktivität. Das war für uns jedoch durchaus kein Anlass zum Witzereißen, sondern wir sahen in erster Linie den beabsichtigten Zweck.

Jedes Mal, wenn ein großer Baum so weit durchgehackt war, dass er bald fallen würde, wurde das ganze Lager zusammengerufen, damit alle das Schauspiel verfolgen konnten.

Es war wirklich sehenswert.

Das Gerüst wurde vom Stamm abgerückt, und nur ein Mann blieb oben, um die Arbeit zu vollenden und dem Riesen die letzten Axtschläge zu verpassen. In den Wipfeln dieser zig Meter hohen Bäume saßen zahlreiche Vögel und oft auch Affen, und diese Bewohner verließen ihren angestammten Platz erst im letzten Moment, wenn der Baum schon zu schwanken begann. Dann gerieten die Tiere in Aufruhr, die kleinen Affen flitzten hin und her, versuchten sich über die Äste in Sicherheit zu bringen, und oft purzelten sie von ihrem stürzenden Haus herunter, wobei sie vor Entsetzen schrien. Die verängstigten Vögel flatterten im Baum herum wie die wilden Hexen in den Osternächten in finnischen Kuhställen.

Bei den letzten Axtschlägen begann der Stamm hörbar zu knacken, noch ein paar weitere, und dann sprang der Mann schnell vom Gerüst, um sich in Sicherheit zu bringen.

Und nun konnte man sehen, wie ein Mächtiger des Dschungels starb: Der große Stamm knarrte und begann sich dann ganz langsam zu neigen. Der gewaltige Wipfel entglitt den Blicken der Zuschauer, es war, als würde eine dicke grüne Wolke den Himmel verlassen. Bald sank der Wipfel schneller, der Stamm brach krachend, und der ganze Riese fiel, zum Schluss immer schneller, der Wipfel rauschte wie im Wind, die Vögel schrien verängstigt, und die Holzfäller brüllten triumphierend. Der Baum donnerte zu Boden und zermalmte alles unter sich: mannstarke, kleine Bäume knickten unter ihm ein wie Trinkröhrchen in den Fingern eines Betrunkenen. Wenn der Wipfel auf dem Boden auftraf, drückte er mit seinem Gewicht das Ende des Stammes nach oben, manchmal bis zu zehn Metern hoch. Der Baum ruckte noch kurz am Boden hin und her, so als suche er seine endgültige Stellung. Dabei erinnerte er an einen sterbenden Blauwal, der mit seinen letzten Kräften einen kleinen Kahn im Ozean hin und her wirft. Und dann war es vorbei, der Riese lag lautlos im Dschungel und zeigte die helle Unterseite seiner dunklen Blätter, er wirkte wie ein im Feld getöteter Krieger, dessen Schild umgedreht auf dem leblosen Körper liegt.

Jetzt stürzte das ganze Lager schreiend herbei, alle betasteten den Stamm, sangen und freuten sich über den Erfolg. Den Holzfällern wurde Kokosschnaps kredenzt, und das Fest nahm seinen Anfang.

Manchmal uferte die Begeisterung regelrecht aus, dann wurde viel gegessen, am Strand getanzt und Kokos getrunken, sodass die Arbeit erst am folgenden Tag wieder aufgenommen werden konnte.

24

Die finnischen Waldarbeiter bauten für das Lager eine Sauna. Sie hoben am Rande des Dschungels eine tiefe Grube aus, die sie mit Balken abdeckten. Es war wie eine Art Unterstand, eine Erdsauna. Sie war innen so geräumig, dass fünf Männer auf einmal Platz hatten. Der Ofen war in der Ecke aus Steinen aufgeschichtet, und geheizt wurde nach dem Prinzip der Rauchsauna. Von nun an saunierten die meisten Lagerbewohner einmal, manchmal sogar zweimal in der Woche. Auch die finnischen und schwedischen Frauen und sogar die Engländer fanden Gefallen an der Sache.

Der Saunaofen war so groß, dass er, wenn man ihn am Abend tüchtig heizte, sogar noch am nächsten Morgen genug Wärme für ein Schwitzbad abgab. Es war üblich, dass die Frauen dann zur Morgenwäsche in die Sauna gingen.

Eines Morgens waren die Schwedin Birgitta und die britische Stewardess Cathy gemeinsam in der Sauna. Sie lagen auf den Bambusbänken und schwitzten still vor sich hin.

Plötzlich hörten sie ein merkwürdiges Schnaufen aus dem hinteren Rauchfang, und als sie im Licht eines brennenden Spans nachsahen, welche Ursache das Geräusch hatte, schrien sie entsetzt auf.

Der Kopf eines großen Wildschweins schob sich herein. Das Tier ächzte in der engen Öffnung, und der Aufschrei der Frauen erschreckte es zu Tode. Es brach herein, schrie vor Entsetzen, und die Frauen schrien auf ihren Bänken nicht minder entsetzt.

Die Türöffnung der Erdsauna war abgedeckt, sodass das Wildschwein diesen Ausweg nicht sah. Es tobte durch den Raum, dass von den Wänden Sand und Erde auf seinen Rücken rieselten. Die nackten Frauen hockten auf ihren Bänken und wagten sich nicht hinunter.

Obwohl im Inneren der Sauna geschrien wurde, was die Kehlen zweier Frauen und eines Wildschweins hergaben, drang kein Laut nach außen. Die Frauen mussten mit ihrer Not allein fertig werden.

Die Lagerbewohner machten sich zum Bäumefällen auf, und das Fehlen der beiden Frauen wurde nicht einmal bemerkt.

Das Wildschwein und die Frauen verbrachten den ganzen Tag in der Erdsauna. Drinnen war es erstickend heiß, aber die Frauen wagten es nicht, ihre Bänke zu verlassen, und vielleicht war das auch gut so, denn große verschreckte Wildschweine können unter Umständen sehr gefährlich sein.

Die Späne gingen zur Neige, und den Rest des Tages verbrachten die drei in völliger Finsternis. Das Wildschwein wühlte an der Wand herum, und am Nachmittag beruhigte es sich so weit, dass es zwischenzeitlich sogar einschlief. Die Frauen machten während der ganzen Zeit kein Auge zu, denn sie fürchteten, sie würden dem Wildschwein direkt vors Maul fallen, wenn sie auf ihrer Bank einschliefen. Die Bretter bebten von Zeit zu Zeit, und daraus schlossen die Frauen, dass das Schwein zu Füßen der Bänke herumwühlte. Sie hofften mit bebenden Herzen, dass die

Bänke standhielten und dass jemand ihre Abwesenheit bemerkte und sie aus der prekären Situation rettete.

Als die anderen abends von der Arbeit zurückkamen, fiel ihnen die Abwesenheit der beiden Frauen auf.

Das ganze Lager machte sich auf die Suche, und schließlich entdeckte man die Vermissten in der Sauna.

Der Indonesier Janne holte sein Sturmgewehr und ging hinein, um das Wildschwein zu erschießen. Die Frauen waren gerettet.

Das Schwein wurde geschlachtet, und große Stücke Fleisch wurden über dem Feuer geröstet. Alle aßen mit gutem Appetit, nur Cathy und Birgitta, die den ganzen Tag mit dem Schwein in der Sauna verbracht hatten, rührten das Fleisch nicht an.

Von nun an gingen die Frauen nie mehr allein in die Sauna, sondern sie warteten, bis sich männliche Begleitung fand. Angst und Schamhaftigkeit reichten sich die Hand.

25

Eines Tages hackte ich zusammen mit Taylor an einem großen Baum, und in einer Pause sagte er zu mir:

»Ist dieser ganze Aufwand für eine Rettung wirklich vernünftig? Mir scheint, dass man hier ganz gut seine letzten Lebensjahre verbringen könnte.«

Er überlegte laut, warum wir eigentlich so versessen darauf waren, in eine von Kriegen zerrissene Welt zurückzukehren, um dort hohe Steuern zu zahlen, teure, überflüssige Produkte zu kaufen, uns Lungenkrebs und andere Krankheiten einzuhandeln, uns das ewige Klagen unserer Frauen über geschwollene

Beine und den Andrang im Waschkeller anzuhören. In Europa bestand Energiemangel, dort war es kalt, und was die westliche Demokratie anbelangte, so war die erst recht kein Grund, die Insel zu verlassen, das System dieses Lagers war zumindest viel besser. Er, Taylor, hatte jedenfalls keines der beiden Häuser des englischen Parlamentes vermisst, weiß Gott nicht! Er erinnerte noch an den Beschluss zum EU-Beitritt und wurde richtig wütend: Wir sind ja verrückt, wenn wir von hier weggehen!

Ich erwähnte, dass das Leben auf der Insel auch seine Nachteile hätte. »Wir haben zum Beispiel kein Fernsehen«, sagte ich.

»Fernsehen! Wozu das? Menschliche Tragödien, gemischt mit Unterhaltung, irres Lachen ohne jede Vernunft. Und Werbung! Natürlich gibt es im Fernsehen auch interessante Sendungen, ich mochte zum Beispiel immer besonders gerne Naturreportagen von Regionen wie dieser, in der wir uns jetzt befinden ..., aber müssen wir extra dafür wieder nach Europa zurückkehren, damit wir uns im Fernsehen ansehen können, wie gut wir es hier haben?!«

Taylor redete noch lange über all das Gute, das wir hier genießen durften: Wir lebten in vollständiger sexueller Freiheit, umgeben von jungen Frauen, und diese umgeben von uns, wir aßen mittlerweile sehr gut, wir hatten reichlich schmackhafte Fische, Früchte im Überfluss, Schildkrötenfleisch, Schnecken, Kriechtiere, Wurzeln, Wildschweine, Vögel! Wir hatten die Möglichkeit, Drinks zu uns zu nehmen, wann immer wir wollten, wir lernten Sprachen, konnten Sport treiben, wir hatten eine gut organisierte medizinische Betreuung, wir hatten gelernt, mit der tropischen Natur umzugehen und sie zu verstehen. »Wir können die Sauna besuchen, nach Herzenslust im warmen Meer baden ..., wir leben eigentlich im Paradies«, sagte er.

In der Tat, wenn man die Sache so sah, schien der ganze SOS-Plan ein wenig dumm.

Aber unsere Familien in Europa!

»Wir sind jetzt schon so viele Wochen weg, dass man uns für tot hält und längst betrauert hat. Natürlich wäre es schön, die Frau und vor allem die Kinder wieder zu sehen, aber wer weiß, ob sie uns überhaupt zurückhaben wollen. Ich denke mir, dass meine Frau wieder heiraten will, und selbst wenn sie vielleicht ein bisschen über mein Verschwinden geweint haben sollte, so findet sie doch inzwischen bestimmt Gefallen an ihrer neuen Freiheit. Es könnte passieren, dass sie schwer enttäuscht wäre, wenn ich plötzlich in der Tür stünde.«

Ich fragte ihn, wann er seine Meinung geändert habe – ich erinnerte mich nämlich, dass gerade er anfangs diese Insel lautstark in die tiefste Hölle gewünscht hatte.

»Ich habe einfach genauer über das Leben hier nachgedacht. Auch du solltest dir mal über diese Seite der Angelegenheit Gedanken machen«, sagte er.

Wir verständigten uns darauf, dass er trotzdem nicht den Rettungsplan boykottieren würde.

»Die Leute werden mit der Zeit selbst begreifen, was sie da tun«, sagte Taylor.

Nach Ende des Arbeitstages bat er mich auf einen Drink ins Dschungelrestaurant. Das Lager hatte ein geräumiges Freiluftrestaurant eingerichtet, in dem Kokosschnaps und –wein verkauft wurden; den ersteren bekam man auch gekühlt, denn wir stellten das destillierte Getränk vor dem Ausschenken in unseren Kühlschrank.

An diesem Abend tranken wir Kokosschnaps für sieben Stunden Arbeitszeit, und ich muss sagen, wir amüsierten uns prächtig.

26

Wir lebten inzwischen schon drei Monate auf der Insel. Jeder von uns hatte sich eine provisorische Unterkunft zusammengebastelt, aber es waren alles andere als großartige Wohnungen – der Wind hatte den Stoff der Rettungswesten zerfetzt, sodass er nicht mehr wasserdicht war, und die Stürme wirbelten ohnehin jedes Mal alles durcheinander. So mancher von uns hatte es satt, am Boden zu hausen, ich ebenfalls.

Ich habe schon immer eine Scheu vor Schlangen gehabt, und obwohl die meisten Arten im Dschungel völlig ungefährlich waren, konnte ich mich einfach nicht daran gewöhnen, nachts davon aufzuwachen, dass sich eines dieser Kriechtiere über meinen Bauch schlängelte. Als ich den Bau einer Hütte zu planen begann, beschloss ich, sie auf Pfählen zu errichten, damit ich die Schlangen und alles andere, was auf der Erde herumkroch, endlich los wäre. Und wenn es mir gelänge, meine Hütte mit einem guten Dach zu versehen, würden mir nachts auch keine Schlangen mehr von den Bäumen in den Schoß fallen.

Die Frauen des Lagers hatten den Einfall gehabt, Seile herzustellen – sie flochten an den Abenden eifrig und tauschten die fertigen Exemplare im Restaurant gegen Kokosschnaps. Wenn ich sie so sitzen sah, dachte ich oft, dass die Frauen doch überall auf der Welt gleich sind, unter allen Bedingungen. Das Urbild waren für mich die alten finnischen Großmütter, die abends im Schaukelstuhl saßen und Strümpfe strickten.

Ich rechnete mir aus, wie viele Seile ich für den Bau der Hütte brauchen würde, und gab anschließend bei der trinkfreudigsten Frau unseres Lagers eine entsprechende Bestellung auf. Als Bezahlung für die Ware musste ich für das Lager Brennholz heran-schleppen.

In der Freizeit machte ich meinen Entwurf, und der sah folgen-dermaßen aus: Die Hütte würde in zwei Metern Höhe auf di-cken Pfählen stehen. Sie würde sechs Quadratmeter Grundflä-che haben, zwei Meter Breite, drei Meter Länge, drinnen Stehhöhe. Ein schräges Dach, eine Treppe oder vielmehr eine Leiter und eine ordentliche Türöffnung mit einer Tür. Außer-dem zwei kleine Fenster, das eine zum Meer, das andere zum Dschungel. Eine Hängematte als Bett und ein paar Hocker als Sitzgelegenheiten für Gäste. Später entfernte ich die Hocker und schuf Platz für eine zweite Hängematte, denn ich brauchte ja schließlich nicht allein in meiner Hütte zu wohnen.

Außerdem plante ich für die Seeseite, also für die mit zwei Me-tern kürzere, über die ganze Breite einen Balkon mit einem stabi-len Geländer. Die Fläche des Balkons würde knapp drei Quad-ratmeter betragen, das reichte gut für einen gemütlichen Aufenthalt.

Ich machte mich an die Arbeit. Tagsüber konnte ich natürlich nicht auf meiner Baustelle sein, denn wir waren immer noch da-mit beschäftigt, Schneisen in den Dschungel zu schlagen, und außerdem beteiligte ich mich ziemlich aktiv am Fischen. Aber abends blieb mir noch reichlich Zeit, denn ich verzichtete aus ökonomischen Gründen fast gänzlich auf Besuche in der Dschungelbar. Der Bau meiner Hütte nahm einen reichlichen Monat in Anspruch.

Gleich zu Beginn der Bauarbeiten stieß ich auf Schwierigkeiten, denn weder ich noch sonst jemand im Lager besaß ein Brechei-sen, mit dem ich tiefe Löcher für die tragenden Pfähle hätte aus-heben können. Ich hatte mir eine kleine Lichtung im Dschungel gerodet, denn ich wollte die Hütte nicht vorn am Rand errich-

116

ten, da ich wusste, dass ein tropischer Sturm sie von dem ungeschützten Platz wegblasen würde wie einen Ballen Stroh. Der Boden auf der Lichtung war weich, aber trotzdem gelang es mir nicht, mit einem Stock die richtigen Löcher zu machen. Schließlich kam ich auf die Idee, mir einen stabilen Stab mit scharfer Spitze zu schnitzen und in der Mitte mit dem Seil große Steine zu befestigen, sodass das ganze Gerät mindestens fünfzehn Kilo wog. Wenn ich diesen Stab in die Erde schlug, übertraf seine Leistung vermutlich noch die eines finnischen Brecheisens, zumindest für meinen Zweck.

Ich rammte die Pfähle ein, baute die Leiter und begann in zwei Metern Höhe mit der eigentlichen Hütte. Ich hatte die Grundpfähle extra lang gemacht, damit sie gleichzeitig auch als Eckpfähle für die Wände dienen konnten. Zuvor machte ich jedoch den Fußboden, damit ich stehen konnte, wenn ich später die Wände hochziehen würde.

Den Fußboden fertigte ich aus kräftigen abgeästeten Baumstämmen, die ich mit Seilen an den Rahmenhölzern befestigte. Ich ließ Luftspalten frei, denn ich ging davon aus, dass keine Schlangen eindringen konnten, immerhin befand sich der Fußboden zwei Meter über der Erde.

Die Wände zu errichten war ein wenig schwieriger. Ich fertigte auch sie aus runden Stämmen, doch zunächst musste ich entscheiden, ob es vernünftiger war, sie waagerecht oder senkrecht zusammenzubinden. Ich entschied mich für letzteres, und zwar deshalb, weil so der Regen nicht so leicht eindringen konnte und weil die Stämme außerdem ziemlich schwer waren. Hätte ich sie waagerecht auf den Grundpfählen befestigen wollen, wäre das ohne genaue Kerbungen und Eckfugen kaum möglich gewesen. Die Lösung erwies sich also als völlig richtig. Ich hatte also einmal wirklich logisch gedacht.

Für das Dach benutzte ich dünnere Stämme, und zwar verlegte ich sie zunächst mit größeren Abständen, obendrauf kamen Palmblätter (diese schichtete ich kreuzweise übereinander, so wie es bei Spankörben gemacht wird, und zum Schluss dann in Wasserablaufrichtung, so wie bei Schindeldächern). Als diese dicken und steifen Blätter verteilt waren, bedeckte ich sie mit einer neuerlichen Schicht Stämme, sodass mir der Wind nicht die ganze Pracht davonwehen konnte. Und dann befestigte ich noch quer darüber dickere Stämme, die in die Eckpfähle ausliefen. Jetzt war ich zufrieden.

In den Wänden hatte ich zwei kleine Fensteröffnungen und Platz für die Tür freigelassen. Aus dem Aluminium des Flugzeugs bog ich mir Angeln zurecht und hängte die Tür ein. Fensterglas besaß ich natürlich nicht, aber ich ersetzte den Mangel, indem ich mir für beide Fenster aus dem Stoff der Rettungswesten ziemlich dichte Vorhänge nähte, die ich zur Nacht schließen und morgens wieder öffnen konnte, wenn ich das Meer oder den Dschungel betrachten wollte.

Danach baute ich den Balkon, und als ich die Hütte schließlich eingerichtet hatte, konnte ich ein kleines Fest feiern.

Gleichzeitig wurden noch drei weitere Hütten fertig, die schwedischen Frauen hatten sich eine gebaut, ebenso Lämsä und Taylor. Nur Lämsä hatte seine Hütte nach demselben Prinzip errichtet wie ich, und bald stellte sich denn auch heraus, dass die beiden anderen gründlich repariert werden mussten, ehe sie sich für die Benutzung eigneten.

Ohne viel zu fragen, zog Maj-Len zu mir, sie brachte eine selbst geknüpfte Hängematte mit und richtete sich häuslich ein. Sie benahm sich ganz so, als wäre sie jetzt eine verheiratete Frau. Ihr schien, als würde sie von den anderen Frauen ein wenig mehr respektiert, und ihre Art, die Einrichtung meiner Hütte mit kleinen Details zu vervollständigen, tat ein Übriges. Ich fand das ganz in Ordnung.

Als die anderen im Lager merkten, welche Vorteile meine Hütte im Vergleich zu den provisorischen Unterkünften bot, folgten einige dem Beispiel. Aber ein beträchtlicher Teil der Leute fand, dass sich die Mühe nicht lohnte, da wir ja sowieso bald die Insel verlassen würden.

Und das schien sich tatsächlich zu bewahrheiten: Knapp fünf Monate, nachdem wir auf der Insel gestrandet waren, war das erste große S in den Dschungel gehauen, und ein kleiner Teil des O war ebenfalls fertig.

Aber wir, die wir bequeme Wohnungen hatten, bereuten trotzdem nicht unsere abendlichen Anstrengungen. Außerdem hatten wir jetzt wieder Zeit, in der Dschungelbar zu sitzen und aufs Meer zu schauen, und nachts schliefen wir gut, denn wir litten bei weitem nicht mehr so unter der Feuchtigkeit des Bodens wie vorher.

Ich befürchtete, das Maj-Len eines Tages genauso reden würde wie Taylor unlängst. Ganz offensichtlich gefiel es ihr nämlich auf der einsamen Insel.

27

Taylor hatte aus Balken ein großes Floß gebaut, das vier, fünf Personen trug, und wenn man es zu den Riffen stakte und paddelte, konnte man von Deck aus wunderbar angeln.

Eines Tages – es nieselte ein wenig – machte sich Taylor mit dem Floß zum Angeln auf. Er nahm zwei Helfer mit, diesmal den Indonesier Janne und Frau Sigurd. Janne hatte selbst den Wunsch geäußert, und so fuhr auch seine Freundin mit hinaus.

Es wehte ein sanfter ablandiger Wind, der das Floß mit den drei Anglern und ihren Geräten zu den Riffen trieb. Wir sahen vom Ufer aus, wie sie ankerten und zu angeln begannen.

Sie blieben mehrere Stunden draußen, hatten bestimmt schon reichlich Fang gemacht und waren soeben im Begriff zurückzukehren, als sich plötzlich ein tropischer Sturm erhob. Der Himmel verdunkelte sich, Donner grollte, und Regen strömte rauschend zu Boden. Die Sicht verschlechterte sich, und wir konnten das Floß bei den Riffen nicht mehr erkennen.

Der Sturmwind blies weiterhin vom Land her, und wir befürchteten, dass die Angler auf ihrem Floß in Schwierigkeiten geraten könnten. Wir beschlossen trotzdem, auf das Abflauen des Sturmes zu warten.

Es wurde Abend, und von Taylors Floß keine Spur. Nun versuchten wir, uns über sein Schicksal Klarheit zu verschaffen, wir machten das Gummifloß startklar und ruderten hinaus. Es war eine Kräfte zehrende Angelegenheit, der Sturm warf das Floß hin und her, und wir wären beinah an die Riffe geschleudert worden. Die Rückfahrt ans Ufer dauerte länger als eine Stunde, denn wir mussten gegen den Wind rudern. Taylors Floß hatten wir nicht gesehen. Wir befürchteten das Schlimmste.

Nachts ließ der Sturm nach, die Wolken verzogen sich, und der Vollmond kam zum Vorschein. Wir schoben das Gummifloß noch einmal ins Wasser und ruderten wieder zu den Riffen.

Taylors Floß fanden wir nicht, stattdessen aber den Indonesier Janne. Er hatte sich mit aller Kraft an ein sturmumtostes Riff geklammert und sich so mit Mühe gerettet. Die Wellen waren immer wieder über ihn hinweggespült, aber er hatte nicht losgelassen, sondern gegen die Natur gekämpft, und schließlich war der

Sturm abgeflaut, und Janne hatte es überstanden, war allerdings sehr erschöpft.

Wir holten Janne auf unser Floß und fragten ihn, was mit Frau Sigurd und Taylor sei.

»Als der Sturm ausbrach, riss sich das Floß aus der Verankerung. Es trieb hinaus, und die Brandung warf es gegen die Riffe. Ich fiel ins Meer«, sagte Janne. »Ich sah, dass das Floß über das Riff hinweggespült wurde, dass sich die beiden aber festhalten konnten. Ich schaffte es nicht wieder auf das Floß, sondern blieb am Riff hängen.«

Das Floß war im tobenden Meer verschwunden, und mit ihm Frau Sigurd und Kapitän Taylor. Janne sagte, dass das Floß einigermaßen intakt gewirkt hatte, als es in der Dunkelheit verschwunden war.

Wir ruderten mit Janne zurück und entzündeten auf der Spitze der Landzunge ein Signalfeuer, – wir dachten, dass es den Vermissten helfen könnte, den Weg ans Ufer zu finden.

Der Mond schien traurig die ganze Nacht. Es wurde Morgen, und ein Südostpassat begann sacht zu blasen. Von Taylors Floß war nicht die geringste Spur zu sehen. Der Indonesier Janne starrte aufs Meer, und man konnte sehen, wie er um Frau Sigurd trauerte.

Zwei Tage später tauchten Taylor und Frau Sigurd im Lager auf. Beide waren völlig erschöpft, wirkten total entkräftet. Wir gaben ihnen zu essen und zu trinken, und dann erzählten sie ihre Geschichte.

Das Floß war von den Wellen über das Riff geschleudert und anschließend vom Sturm weit, weit aufs Meer hinausgetrieben worden. Nur mit Mühe hatten sich Frau Sigurd und Taylor darauf halten können. Als der Sturm in der Nacht nachgelassen hatte, hatten sie festgestellt, dass die Insel nicht mehr zu sehen war. Am nächsten Tag hatte der Südostwind das Floß allmählich wieder zurückgetrieben, und abends war es am anderen Ende der Insel, weit vom Lager entfernt, angelandet. Die beiden Unglücklichen hatten einen Tag und eine Nacht gebraucht, um zu Fuß ins Lager zu gelangen. Das Floß hatten sie am Ufer zurückgelassen.

Der Indonesier Janne schnitt mit seinem Dschungelmesser für Frau Sigurd saftige Fleischstücke zurecht und brachte sie, nachdem sie gegessen hatte, in die gemeinsame Hütte. Taylor verschwand ebenfalls, um sich schlafen zu legen, zuvor genehmigte er sich jedoch ein paar tüchtige Schlucke Kokos.

Das Seeabenteuer wäre bald in Vergessenheit geraten, wenn es nicht ein Nachspiel gegeben hätte.

Ein paar Wochen später vertraute sich Frau Sigurd der schwarzen Hebamme an und erzählte ihr, dass sie schwanger sei.

Die schwarze Hebamme berichtete Doktor Vanninen von der Sache, und der erzählte es mir. Vanninen untersuchte Frau Sigurd und stellte fest, dass sie richtig vermutet hatte. Sie war tatsächlich schwanger.

Es war ein ziemlicher Schock.

Kompliziert wurde die Situation dadurch, dass es keine gewollte Schwangerschaft, sondern ein eindeutiges Versehen war. Andererseits lehnte Frau Sigurd, die eine Verhütung verweigert hatte, ebenso eine Abtreibung ab. In ihrem Alter ein Kind im Dschungel zu gebären, bedeutete jedoch ein ziemliches Risiko. Die Sache hatte natürlich auch noch einen anderen Haken, nämlich den, dass Frau Sigurd verheiratet war – sie hatte in Schweden einen Ehemann, der ganz bestimmt nicht ahnte, dass seine totgeglaubte Frau in den Tropen von einem indonesischen Soldaten schwanger geworden war.

Wie üblich, bewegt einen so etwas zunächst, aber mit der Zeit gewöhnt man sich daran und betrachtet es als natürlich.

Wir errechneten, dass das Kind in Europa zur Welt kommen würde, wenn wir beim SOS-Plan den Termin einhielten, sodass sich eine Geburt im Dschungel vermeiden ließe. Frau Sigurd wollte keine Abtreibung, und so ließen wir den Dingen ihren Lauf. Auf Wunsch der werdenden Mutter erzählte Vanninen die Sache im Lager nicht weiter, und auch ich wurde gebeten, die Information zunächst für mich zu behalten.

Irgendwie ergab es sich, dass ich eines Abends im Dschungelrestaurant bei einem Drink Taylor vertraulich von der Sache erzählte. Ich fragte ihn, ob Frau Sigurd davon gesprochen hatte, als sie beide auf dem Floß im Ozean getrieben waren. Ich sagte, ich könnte mir vorstellen, dass sich die sonst so verschlossene Frau unter den extremen Bedingungen ihm vielleicht geöffnet hätte.

Taylor erblasste und hätte beinah den Trinkbecher fallen gelassen. Ich flößte ihm einen Schluck Schnaps ein, und danach wurde er knallrot. Selten sieht man bei einem Mann solche Gefühlswallungen.

Dann erzählte Taylor, dass er womöglich der Vater des Kindes sei. Wie kann das sein, dachte ich, aber Taylor erzählte mit leiser und erschütterter Stimme, was alles in der Unglücksnacht und am darauf folgenden Tag auf dem Meer geschehen war.

Als der Sturm abgeflaut war, waren die beiden Unglücklichen zu Tode erschöpft gewesen. Sie waren Seite an Seite auf dem Floß eingeschlafen. Der Mond hatte geschienen, die Wellen hatten das Floß geschaukelt, und die trostlose Öde des Meeres hatte die beiden umgeben. Die Situation war erschütternd romantisch gewesen – beide hatten nicht geglaubt, dass sie sich wieder auf die Insel retten könnten.

Unter diesen Bedingungen hatte Frau Sigurd Taylor ihre Liebe bekannt. Sie hatte gesagt, dass sie ihn vom ersten Augenblick an, schon in Tokio, geliebt habe. Sie habe ihn im Pavillon des

Tokioter Flughafens beobachtet, wie er mit den Stewardessen der australischen Fluglinien gescherzt hatte, von diesem Moment an habe sie sein Bild im Herzen getragen, und in dem Bewusstsein, dass er ihre Liebe nicht erwidern werde, habe sie sich so aufgeführt, wie wir es von ihr kannten – sie habe die Verhütung verweigert, sei zänkisch, sogar boshaft gewesen.

Das Gefühl, sterben zu müssen, und das leidenschaftliche, ehrliche Bekenntnis der Frau hatten Taylor tief beeindruckt.

So war es geschehen, dass sie auf dem Floß miteinander geschlafen hatten, sogar mehrere Male. Sie hatten sich gegenseitig geschworen, dass nie jemand von der Sache erfahren sollte, sondern dass sie das Geheimnis ihrer Liebe mit in den Tod nehmen würden.

Aber dann war es anders gekommen als gedacht, der Südostpassat hatte das Floß auf die Insel zurückgetrieben, sie waren erschöpft ins Lager gewandert, und die Todesromanze hatte mit einer Rettung geendet.

Frau Sigurd lebte wie bisher mit dem Indonesier Janne zusammen, Taylor für sich allein.

»Vielleicht ist das Kind ja doch von Janne«, sagte ich tröstend.

»Ja, vielleicht.«

Das würde sich jedoch erst in Europa herausstellen.

28

Reeves, Lakkonen und Lämsä war es gelungen, einen kleinen Affen zu zähmen, den sie, nach dem Zwischenfall mit dem Schnapsbrennen, bei einem Jagdausflug gefangen hatten.

Wenn die Männer abends in der Bar saßen und ihre geleisteten Arbeitsstunden in Alkohol umsetzten, hockte der Affe mal bei Lämsä, mal bei einem seiner Zechkumpane auf der Schulter und sah ihnen zu. Manchmal hüpfte er auch lustig davon, um neue Getränke zu holen, und ansonsten genoss er ganz offensichtlich sein Dasein.

Es handelte sich bei dem Affen anscheinend um einen kleinwüchsigen Marakat oder etwas in der Art, und das ganze Lager hatte ihn sehr gern. Die drei Männer wachten jedoch eifersüchtig über ihren Liebling, und kein Außenstehender durfte ihn streicheln, geschweige denn füttern.

Eines Tages sagte Maj-Len beiläufig zu mir, dass ich eigentlich ebenso gut wie jene drei Säufer einen kleinen Affen halten könnte. Es wäre ein reizendes Haustier, fügte sie hinzu.

Ich hatte bereits selbst daran gedacht, äußerte aber meine Bedenken, dass es wahrscheinlich sehr schwierig sein würde, einen Affen zu fangen. Maj-Len sagte darauf, dass es im Dschungel von diesen Tieren nur so wimmelte und dass ich es immerhin versuchen könnte.

Ich fühlte mich ein wenig an jenen Tag zu Hause erinnert, da meine Frau mich bat, eine kleine Katze für uns anzuschaffen. Damals erforderte die Erfüllung des Wunsches einiges Maß an Frechheit und eine Taxifahrt zur Wohnung der Eltern einer Bekannten, wo es galt, ihnen das Kätzchen abzuschwatzen, das sie bereits einem Ingenieur versprochen hatten.

Ich beschloss, Maj-Len den Gefallen zu tun, und machte mich auf den Weg in den Dschungel, um uns einen Affen zu fangen.

Ich nahm einen kleinen Sack mit, den ich aus dem Stoff der Rettungswesten genäht hatte, und hoffte, dass es mir vielleicht mit einem Trick gelingen würde, einen Affen hineinzulocken.

Ich marschierte tief in den Dschungel hinein und spähte ins Geäst der Bäume, aber gerade an diesem Tag schienen besonders wenig Affen unterwegs zu sein.

So geht es mir immer: Wenn ich an einen See komme und nicht die Absicht habe zu angeln, sehe ich jede Menge Fische: Große Hechte springen direkt vor meiner Nase aus dem Wasser, und es scheint, als gäbe es dort überhaupt mehr Fische als Wasser. Wenn ich dann mit meinem Angelzeug hingehe, ist alles still, keine einziger Fisch springt, es sind nicht einmal welche zu sehen, der See scheint so fischlos zu sein wie das Kühlwasser eines Fernheizungswerkes.

Schließlich traf ich auf eine Herde Affen, es waren Marakats und auch etwas größere Arten. Sie tummelten sich in den Bäumen über mir, und als ich stehen blieb und sie beobachtete, kreischten sie unverschämt, einige bewarfen mich sogar mit Blättern und Aststücken. Affen können unter natürlichen Bedingungen wirklich boshaft sein.

Ich begann, den großen und verzweigten Baum zu erklimmen. Ich stieg mit dem Sack zwischen den Zähnen immer höher hinauf, bis ich durch das Laubwerk kaum mehr den Boden sehen konnte.

Die Affen gerieten in Aufruhr, schwangen sich auf andere Bäume und machten unerhörten Lärm. Ich beachtete sie jedoch nicht, sondern kletterte unverdrossen weiter. Oben im Wipfel, an einer Stelle, wo sich mehrere dicke Äste gabelten, hielt ich inne. Ich schätzte, dass ich mich mindestens zwanzig Meter über der Erde befand – also etwa auf der Dachebene eines fünfstöckigen Hauses. Ich setzte mich in aller Ruhe auf die starken Äste und lehnte mich an den Stamm, der leise schwankte.

Die Affen beschimpften mich mehrere Minuten lang. Dann wurden sie neugierig, sie kamen näher, und die mutigsten sprangen auf die obersten Äste desselben Baumes, auf dem ich, mit dem geöffneten Sack in der Hand, hockte. In Gedanken sagte ich zu ihnen: Ich habe es nicht eilig, kommt ruhig näher und schließt mit mir Bekanntschaft, besonders ihr kleinen Tierchen.

Ich hatte vorsorglich einige Leckereien mitgebracht, die unten im Sack lagen: Es waren Kugeln, die ich aus getrockneten Kokosfrüchten gepresst hatte, solche Dinger fraß der Affe von Reeves und seinen Kumpanen furchtbar gern. Ich wollte mich den Tieren in der Art eines guten Onkels nähern.

Die Affen lamentierten über meine Anwesenheit, hatten aber, wie es schien, keine Angst mehr vor mir. Ich hielt das für ein gutes Zeichen. Allmählich wurden sie immer mutiger, und ich zählte, dass schon etwa zwanzig von ihnen auf meinem Baum saßen, darunter auch jede Menge kleine Affenkinder. Die Älteren waren vorsichtiger und verhielten sich auch ziemlich feindselig mir gegenüber, sie versuchten sogar, mich vom Baum herunterzuschütteln, indem sie auf die Äste sprangen, auf deren Gabelung ich saß. Dann schaukelten sie ihren Körper, bis der ganze Wipfel schwankte. Ich fiel aber nicht, obwohl sie das gern gesehen hätten, wie an ihrem Verhalten deutlich zu erkennen war.

Ich versuchte es jetzt mit verbaler Annäherung, ich sprach beruhigend auf sie ein, und dann warf ich ihnen die erste Süßigkeit zu.

Sie erschraken allesamt entsetzlich und flüchteten von dem Baum, anschließend sahen sie mich aus sicherer Entfernung erschüttert an. Die Kugel schwebte auf die Erde hinunter. Ich warf eine zweite, und auch sie fiel nach unten. Die Affen verfolgten den hellbraunen Ball mit den Blicken. Ich warf noch ein paar weitere Kugeln, und jetzt sah ich, dass bei den kleinen Affen die Neugier die Oberhand gewann, sodass sich ein paar von ihnen rasch hinunterschwangen. Ich konnte durch das dichte Laubwerk erkennen, wie sie sich vorsichtig, ständig auf Gefahren gefasst, den Kugeln näherten, wobei sie hin und wieder einander ansahen oder zu den großen Affen schielten, die ihnen elterliche

Warnungen zuriefen. Aber ihr Interesse war unermesslich groß, und einer der Kleinen griff sich schließlich eine Kugel. Er drehte und wendete sie, roch daran und steckte sie dann ohne Zögern in die Schnauze. Die kleinen Zähne zermahlten die Süßigkeit, und ich hatte den Eindruck, als wäre das Tierchen von dem Geschmackserlebnis ungeheuer überrascht. Es wollte sofort mehr und konnte rasch noch eine zweite Kugel fressen, ehe die anderen hinzukamen. Die Kugeln waren im Nu in den Schnauzen der Äffchen verschwunden.

Jetzt wirkten die Älteren verärgert: Schade, man hätte doch mutiger sein und sich rechtzeitig seinen Teil holen müssen, schienen sie zu denken.

Ich warf mehr Kugeln von meinem Ast. Die kleinen Äffchen kamen schnell heraufgeflitzt und schnappten sich die Leckerbissen mit ihren praktischen Fingern gleich aus der Luft. Die Großen beteiligten sich immer noch nicht am Spiel: Sie waren nach unten geklettert und warteten am Fuße des Baumes auf das, was den Kleinen herunterfiel.

Ich unterbrach die Werferei und beobachtete, wie das aufgenommen wurde. Die kleinen Äffchen näherten sich, kamen bis auf wenige Meter heran und warteten auf die Fortsetzung der Essensausgabe. Ihre Gier begann mich zu amüsieren, und ich hatte auch ein wenig Mitleid mit ihnen, also begann ich wieder mit der Verteilung. Jetzt warf ich die Kugeln allerdings nicht mehr so weit weg, und so mussten die kleinen Leckermäuler natürlich näher herankommen, wenn sie etwas von den Süßigkeiten, die ihnen so schmeckten, abbekommen wollten. Die Kugeln lagen unten im Sack, und so konnte ich ihn ganz natürlich offen halten, weil ich ja immer wieder hineingreifen musste. Bald kamen die Äffchen schon bis auf einen Meter heran, um sich die Leckereien zu schnappen.

Ich machte wieder eine Pause. Die Tiere legten wartend den Kopf schief. Ich zeigte auf meinen Sack, und mir schien, als hätten sie den Sinn der Geste genau verstanden: Hier drinnen sind sie, die Leckerbissen! Ich begann wieder mit der Verteilung, aber jetzt warf ich die Kügelchen nicht mehr von mir, sondern legte sie, mit kleinen Abständen dazwischen, in einer Reihe auf den Ast. Unmittelbar am geöffneten Sack beginnend, war die Reihe etwa anderthalb Meter lang. Es war Hänsels und Gretels Pfefferkuchenstraße direkt in den Sack hinein. Ich schob den Sack ein wenig von mir weg, aber nur bis auf Reichweite, und dann warf ich ein Kügelchen in die Luft zum Zeichen, dass das Schlemmen weitergehen konnte.

Das Kügelchen wurde aus der Luft geschnappt, so wie alle bisherigen, aber die Reihe, die auf dem Ast ausgelegt war, erweckte kein unmittelbares Vertrauen. Die kleinen Äffchen hatten mich bereits umringt, einige waren bis auf etwa zwei Meter herangekommen.

Ich wartete, und das taten auch die Äffchen. Deutlich beleidigt sahen sie mich an und schielten immer wieder zu den Süßigkeiten auf dem Ast.

»Fresst doch, bedient euch«, sagte ich. Ich kam mir plötzlich vor wie eine geschäftige Pastorsfrau, die den Bischof bewirtet und den hohen Gast auffordert, sich die eisernen Reserven des Pfarrhauses einzuverleiben.

Die Affen waren jedoch nicht so höflich zurückhaltend wie Bischöfe. Nachdem sie ein wenig abgewartet hatten, wagten sie sich an die ausgelegten Leckerbissen.

Jetzt war die Spannung auf dem Höhepunkt, war der entscheidende Moment gekommen.

Eines der gierigsten Äffchen hüpfte auf den Ast und begann eilig, die Kokosbällchen zu verschlingen. Je mehr es fraß, desto weiter musste es sich mir nähern. Ich wartete still, den Sack einladend geöffnet. Ich achtete darauf, dass das Äffchen die restlichen Exemplare sehen konnte, die noch im Sack lagen.

Bald hatte der Kleine sämtliche Kugeln auf dem Ast verputzt, aber seine Gier auf Süßes schien so groß zu sein, dass er den letzten kühnen Schritt wagte und in den Sack hineinschlüpfte, um sich eine weitere Hand voll Kugeln zu holen.

Ich war nicht so dumm, dass ich gleich beim ersten Mal versucht hätte, ihn zu fangen. Er war außerdem so blitzschnell, dass ich es vermutlich auch gar nicht geschafft hätte. Er zog sich mit seiner üppigen Beute ein paar Meter zurück und verschlang die Kugeln. Dabei blickte er mir in die Augen, und mir schien, als wäre er ein wenig enttäuscht: Es war ja gar nichts passiert! Er sah aus, als würde er sich sagen, dass Wesen wie ich gar nicht so gefährlich sind, wie die Eltern immer behaupteten. Ich war mir sicher, dass der Kleine überlegte, zu ergründen versuchte, welche Absichten ich wohl haben mochte. Aber zu seinem Pech erkannte er nicht, dass ich tatsächlich gefährlich war – wie hätte er auch ahnen sollen, dass Maj-Len sich ein Haustier gewünscht hatte.

Der kleine Affe beschloss, sich mehr Kugeln zu holen, da sie einmal so freigebig angeboten wurden. Er schlüpfte ganz mutig abermals in den Sack, stopfte sich Kugeln in die Schnauze und raffte weitere mit den Händen. Nur der lange steife Schwanz ragte aus der Öffnung, während sich das kleine Wesen meines Eigentums bemächtigte.

Ich schloss mit einer schnellen Handbewegung die Sacköffnung. Die Reaktion war gewaltig, ähnlich wie ich es als kleiner Junge auf dem Friedhof von Hietaniemi erlebt hatte. Wir waren in den Fünfzigerjahren einmal mit der Schulklasse dort, um die Heldengräber zu besuchen, und wir hatten Papiertüten mit Mandeln mitgenommen, um die Eichhörnchen zu füttern. Die Eichhörnchen auf dem Friedhof waren ebenfalls neugierig und fast zahm, und so konnten wir sie in der Papiertüte fangen, genauso wie ich es jetzt mit dem armen kleinen Äffchen gemacht hatte. Die Eichhörnchen erschraken und zappelten so furchtbar, dass die Papiertüten bald zerknallten und die Tiere mit flatternden Herzen flüchten konnten. Genauso eine grausame Falle war jetzt dieser Rettungswestensack – er zerriss allerdings nicht, obwohl das Äffchen alles versuchte, um herauszukommen. Es schrie jämmerlich und zappelte so sehr, dass ich beinah vom Baum gefallen wäre.

Das Äffchen biss mir in seiner Angst durch den Stoff in die Finger, bis sie bluteten, aber ich schaffte es trotzdem, den Sack mit einem Bastband zuzubinden, dann hängte ich ihn mir ans Knie. Das Tier strampelte heftig, sodass mir der Sack mal gegen den Hintern und mal gegen die Wade schlug, außerdem schrie es durchdringend um Hilfe. Ich machte mich auf den Weg nach unten.

Ich glaubte, dass die Affenjagd mit meinem Sieg geendet hatte und dass die anspruchsvollste Phase der ganzen Operation hinter mir lag.

Ich irrte mich gewaltig.

Die Mutter des Kleinen, ein ziemlich großes Affenweibchen, griff mich in dem Moment an, da ich die stabile Astgabel verlassen hatte und an den kleinen Zweigen nach unten klettern wollte. Das Tier stürzte mit weit aufgerissener Schnauze auf mich zu und schrie wütend. Ich erschrak womöglich noch mehr als vorhin meine Beute in dem Moment, als sich der Sack schloss. Ich suchte mir rasch ein paar stabilere Äste und brüllte das Weibchen entsetzt an. Es wich im letzten Augenblick zurück, und so rettete ich wahrscheinlich mein Leben. Ich hatte irgendwo gelesen, dass ein ausgewachsener wütender Affe ohne weiteres einem Mann den Garaus machen kann, besonders, wenn dieser auf dem Baum sitzt und sich nicht schützen kann.

Ich riss einen vertrockneten Ast ab und schlug damit nach dem angreifenden Weibchen, mit der anderen Hand hielt ich mich so gut ich konnte am Stamm fest, damit ich nicht hinunterfiel und im Dschungel umkam. Das wütende Weibchen biss in den Stock, dass die Holzsplitter nach allen Seiten flogen – ich erschrak über die enorme Kraft ihrer Kiefer.

Und die Angreiferin war flink! Auch wenn ich nach besten Kräften Gegenwehr leistete, gelang es ihr immer wieder irgendwie zuzubeißen: in meinen Hintern, die Schulter, das Ohr. Blut floss aus meinen Wunden. Ich schlug mit dem Stock um mich wie ein kitzeliger Jüngling, und dabei schrie ich, so laut ich konnte, und natürlich kletterte ich weiter nach unten, so schnell mir das meine anderen Aufgaben irgend erlaubten.

Das Affenweibchen verfolgte mich bis an den Fuß des Baumes, und erst als ich auf der Erde war – die letzten paar Meter fiel ich –, ließ sie von mir ab. Auf der Erde war ich überlegen, und anscheinend wusste sie das.

Ich untersuchte meine Wunden. Ich war über und über mit Blut beschmiert, aber die Knochen schienen heil sein. Die Bisse waren nicht sehr tief, aber sie schmerzten. Meine Kleidung war zerfetzt, in meinem Kopf rauschte es, mein Herz flatterte wie das eines alten Mutterschafes, das im Boot übergesetzt wird.

Ich band den Affensack von meinem Knie los, warf ihn mir über die Schulter und rannte ins Lager. Aus dem zerbissenen Ohr floss mir Blut in die Augen, sodass ich mir immer wieder das Gesicht abwischen musste, damit ich beim Laufen sehen konnte. Die wütenden Schreie der Affenherde blieben hinter mir zurück, und auch im Sack schien es ruhiger zu werden.

Schließlich traf ich am Strand ein, wo ich mit meinem blutigen Äußeren für allgemeines Entsetzen sorgte.

Vanninen und die schwarze Hebamme verbanden mich. Maj-Len kam ebenfalls, um meine Wunden zu pflegen, und erst da

fiel den Leuten ein zu fragen, was ich denn da in dem blutbe-
schmierten Sack mit mir trug.

»Das ist unser neues Haustier«, sagte ich müde.

Einen Affen zu fangen, ist gar nicht so leicht.

29

Dies geschah zu der Zeit, da Frau Sigurd im dritten Monat war.

Der Indonesier Janne, der sonst kaum Alkohol trank, saß eines
Tages in der Dschungelbar, allein und finster wie David in seiner
Burg.

Frau Sigurds Schwangerschaft war inzwischen aus natürlichen
Gründen publik geworden, und offenbar hatte Janne kalendari-
sche Berechnungen angestellt.

Der Beginn der Schwangerschaft schien sich genau auf jene
Sturmnacht datieren zu lassen, die Frau Sigurd mit Taylor im
Mondenschein auf dem Floß allein verbracht hatte, und Janne
hatte sich wohl seinen Teil gedacht.

Janne trank heftig. Birgitta, die an diesem Abend Ausschank-
dienst hatte, ritzte mit dem Messer immer neue Arbeitsstunden
für ihn in den Bambusstamm, der als Kasse diente. Eine Kerbe
nach der anderen, ein Kokosbecher nach dem anderen.

Je mehr Janne trank, desto finsterer wurde er. Er blieb sitzen, als
die Sonne schon die Schließzeit anzeigte. Birgitta wollte den
Ausschank beenden, aber Janne verlangte hartnäckig nach mehr
Schnaps, und der Schwedin blieb nichts weiter übrig, als dem
Wunsch des wütenden Mannes nachzukommen.

Kurz vor Sonnenuntergang schien Janne einen Beschluss gefasst zu haben. Er stand schwankend von der Bank auf und torkelte in den Dschungel. Die Lagerbewohner hatten sich schlafen gelegt, und nur ein paar Unentwegte waren noch am Strand unterwegs. Niemand schenkte Janne Beachtung.

Ich half Birgitta beim Spülen der Becher. Wir unterhielten uns über den Indonesier. Birgitta schien sich Sorgen um ihn zu machen, da er so still geworden war. Als wir die Becher zum Trocknen auf den Lattenrost gestellt und den Schanktisch abgewischt hatten, machten wir uns auf den Weg in unsere Hütten.

Plötzlich tauchte Janne aus dem dunklen Dschungel auf. Mit unstetem Blick und mit dem Sturmgewehr in der Hand stand er vor uns. Er sagte kein Wort. Er hatte das Magazin eingelegt, und ich sah, dass die Waffe entsichert war.

Von uns schien er nichts zu wollen. Er machte uns mit dem Lauf der Waffe ein Zeichen, aus dem Weg zu gehen, dann stakste er langsam zu Taylors Hütte.

Ich wusste, dass Taylor sich zeitig hingelegt hatte, sodass er bestimmt schon schlief. Ich hatte Angst um ihn und konnte mir nicht verkneifen, eine Warnung zu rufen. Janne hörte es und knurrte wütend, ging aber weiter.

Taylor kam schläfrig auf seinen Balkon getappt. Janne blieb auf dem kleinen Vorplatz stehen. Taylor fragte, was er von ihm wollte, bekam aber keine Antwort.

Es war eine schrecklich angespannte Situation. Birgitta sagte zu mir, dass alles ihre Schuld sei und dass sie den Ausschank lange vorher hätte beenden müssen.

Schließlich begann Janne mit drohender Stimme zu reden. Er forderte Taylor auf, sich anzuziehen und herunterzukommen. Taylor protestierte, aber als Janne mit dem Sturmgewehr auf ihn zielte, blieb ihm nichts anderes übrig, als zu gehorchen. Er hatte gesehen, dass der Indonesier schwer betrunken war.

Taylor verschwand im Inneren der Hütte und kam kurz darauf angekleidet wieder heraus. Janne gab ihm ein Zeichen, dass er die Leiter heruntersteigen solle, und Taylor gehorchte widerspruchslos.

Unten angekommen, fragte er, warum Janne ihn mit der Waffe bedrohe, aber der antwortete nicht. Als Birgitta und ich uns einmischen wollten, verbot Janne uns, näher zu kommen, andernfalls würde er Taylor sofort erschießen.

Aber er würde Taylor am Leben lassen, wenn dieser tat, was er verlangte. Und er verlangte von ihm, dass er vor ihm hergehen sollte.

Es war schon fast dunkel. Das übrige Lager schlief. Janne ließ Taylor quer durch das Lager zu seiner eigenen Hütte gehen. Er schien etwas im Schilde zu führen.

Der Verhaftete und sein Wächter trafen bei der Hütte des Letztgenannten ein, sie blieben stehen, und Janne befahl Taylor, in die Hütte hineinzugehen. Als Taylor nach dem Grund fragte, sagte Janne, den wisse Taylor garantiert selbst, er brauche gar nicht so zu fragen.

Frau Sigurd war von den lauten Stimmen der beiden Männer erwacht und kam, bekleidet mit einer Art Nachthemd, auf den Balkon. Sie fragte mit fester Stimme, was das solle.

Die Männer standen unten an der Leiter und sagten kein Wort. Frau Sigurd sah die Waffe in Jannes Hand und fragte, was er damit beabsichtige.

»Der Pilot zieht hier ein«, sagte Janne entschlossen.

»Nein! Bring sofort die Waffe weg«, rief Frau Sigurd, aber Janne hörte nicht auf sie, sondern stieß Taylor den Gewehrlauf ins Kreuz und zeigte auf die Leiter.

»Du kommst rauf, und damit basta!«, kommandierte Frau Sigurd den Indonesier, aber er dachte nicht daran, zu gehorchen.

Er fingerte an der Waffe herum, und Birgitta und ich sahen, dass Taylor jetzt wirklich Angst hatte, erschossen zu werden. Taylor zwang sich zur Ruhe und sagte zu Frau Sigurd:

»Vielleicht ist es besser, wenn ich heraufkomme.«

»Auf keinen Fall«, sagte sie, und es schien, als ob sie den Tränen nahe wäre.

»Sigurd, lass mich raufkommen«, bat Taylor.

Birgitta und ich traten näher. Birgitta sagte zu Frau Sigurd:

»Lass Taylor herein, siehst du nicht, was sonst womöglich passiert?«

Taylor schielte zu Janne und sagte dann schnell:

»Ich bitte dich, lass mich ein.«

Er erklomm die Leiter zum Balkon. Frau Sigurd sah ihm entsetzt zu und wusste nicht, was sie machen sollte. Als Taylor oben war, sagte Janne zu ihm:

»Da ist jetzt dein Platz. Ich will da nicht mehr wohnen.«

Taylor zog Frau Sigurd mit sich in die Hütte. Sie schlossen die Tür. Von drinnen war Flüstern zu hören, aber wir konnten die Worte nicht verstehen.

Janne blieb an der Leiter stehen und hielt Wache. Es war nahezu stockdunkel, nicht einmal der Mond schien. Zu uns sagte Janne barsch:

»Geht weg.«

Wir zogen uns stillschweigend ein Stück zurück, blieben aber in der Nähe und warteten, ob noch etwas geschah. Birgitta meinte, dass Janne vielleicht bald genug davon hätte, vor seiner Hütte Wache zu stehen, und schließlich schlafen ginge, und deshalb warteten wir. Wir sahen vor dem von Sternen erleuchteten Himmel Jannes Profil, das ein wenig wankte, aber nicht vom Platz wich.

Janne stand die ganze Nacht vor seiner Hütte. Wir wachten mit ihm, und ich glaube, dass auch Frau Sigurd und Flugkapitän

Taylor in der Hütte wachten, obwohl von dort nicht das leiseste Geräusch zu hören war.

Auch nach einer schwarzen Nacht kommt ein Morgen.

Der Indonesier Janne stand immer noch auf seinem Platz, als die Sonne aufging und das Lager zu erwachen begann. Die Leute versammelten sich am Ort des Geschehens, lamentierten und äußerten ihr Entsetzen über die Situation. Die schwarze Hebamme forderte sie auf, ihrer Wege zu gehen, dann trat sie zu Janne, um mit ihm zu reden. Birgitta ging schlafen, aber ich mochte immer noch nicht weichen, obwohl ich zu Tode erschöpft war.

Die Verhandlungen mit Janne kamen mühsam in Gang. Er gab zwar der schwarzen Hebamme gegenüber zu, gegen die Gesetze verstoßen zu haben, als er versucht hatte, seine Beziehungsprobleme mit der Waffe in der Hand zu lösen, noch dazu in betrunkenem Zustand, aber es sei ihm Schande angetan worden, und er wolle lieber sterben, als weiter mit Frau Sigurd zusammenzuleben. Entweder Taylor würde von jetzt an bei ihr wohnen, oder er werde ihn erschießen.

Die schwarze Hebamme erzählte ihm, dass in Europa keine große Nummer daraus gemacht werde, wer jeweils der Vater eines Kindes sei, und sie äußerte ihr Erstaunen darüber, dass Janne Frau Sigurds Schwangerschaft so übel aufnehme, dass er Genugtuung verlange, noch dazu auf eine so dramatische Art und Weise. Janne, der inzwischen sehr müde und offensichtlich verkatert war, sagte, dass man in seinem Land in diesen Fällen gerade so handle, wie er es getan habe, und dass es keine Alternative gebe.

Der Indonesier stand müde und traurig in der glühenden Sonne, wollte aber nicht nachgeben, sondern blieb unerschütterlich bei seiner Haltung.

Auch für Taylor war es in der heißen Hütte bestimmt alles andere als angenehm. Er konnte nicht herauskommen und auch nicht recht drinnen sein. Das passiert eben manchmal.

An diesem Tag gingen wir nicht zur Arbeit. Wir redeten auf Janne ein, die Waffe herauszugeben, aber umsonst. Wir brachten ihm Essen, aber er rührte es nicht an. Gegen Mittag war er so müde, dass er zitterte.

Schließlich fasste er einen Entschluss, er verließ schweigend seinen Posten und ging in den Dschungel. Wir alle folgten ihm in einigem Abstand, und wir hatten den Eindruck, dass er am Ende seiner Kräfte war und sich etwas Schreckliches antun wollte.

Ala-Korhonen folgte Janne bis in den Dschungel hinein, und als Janne ihm mit der Waffe drohte, sagte er:

»Hör auf damit. Gib mir die Waffe, oder ich nehme sie mir.«

Beide Männer verschwanden im Dickicht, Janne voran, Ala-Korhonen etwa zehn Meter hinter ihm.

Plötzlich war eine lange Gewehrsalve zu hören. Die Kugeln prasselten auf die Dächer der Hütten.

Der Indonesier kam aus dem Dschungel gerannt, hinter ihm Ala-Korhonen. Keiner von beiden hatte die Waffe. Ala-Korhonens Gesicht war mit Blut bedeckt. Janne rannte quer durch das Lager ans Ufer und stürzte ins Meer, Ala-Korhonen hinterher. Janne schwamm schnell, und sowie er ins tiefe Wasser gelangt war, tauchte er. Der Finne schwamm langsamer, blieb aber trotzdem nicht sehr weit hinter dem Fliehenden zurück, und bald tauchte auch er. Wir sahen die Körper der beiden durch die klare Brandung, Janne versuchte sich vermutlich zu ertränken, aber Ala-Korhonen war schon unterwegs zu ihm.

Lämsä hatte inzwischen das Sturmgewehr aus dem Dschungel geholt. Taylor und Frau Sigurd waren aus der Hütte gekommen und liefen ans Ufer, wo sich das ganze Lager versammelt hatte und die beiden Taucher beobachtete.

Plötzlich schrie eine der Frauen auf und zeigte zu den Riffen.

Wir sahen mehrere schwarze Haiflossen. Als wir unsere Blicke wieder auf die Taucher konzentrierten, die gerade unter Wasser ein Handgemenge begannen, sahen wir, dass Ala-Korhonen anscheinend immer noch stark blutete, vielleicht auch Janne. Das Meer färbte sich hellrot um sie. Die Haie hatten offenbar Witterung aufgenommen und näherten sich den beiden Männern.

Wir stießen so schnell wir konnten das Gummifloß ins Wasser. Ich nahm ein Ruder, Vanninen das andere, Lämsä stellte sich mit dem Gewehr in der Hand aufrecht hin, und Lakkonen steuerte. Wir ruderten im Eiltempo zu den Riffen. Die beiden Taucher ließen wir hinter uns, und jetzt sahen wir drei, vier große Haie, die schnell auf uns zukamen.

Lämsä richtete eine Salve auf den vordersten von ihnen, und das Meerwasser schäumte, als die Kugeln das Tier trafen. Die anderen Haie stürzten sich auf ihren Artgenossen, und das Wasser färbte sich rot um sie. Eine neue Gewehrsalve traf die Schar. Hinter uns tauchte Ala-Korhonen aus dem Wasser auf und zog den Indonesier Janne mit sich. Wir riefen ihnen zu, dass Haie in der Nähe seien. Janne hatte die ganze Zeit gegen seinen Retter gekämpft, aber als er unsere Worte hörte, löste er plötzlich den Dolch von seinem Gürtel und schwamm hinaus. Ala-Korhonen versuchte ihm zu folgen, aber als langsamerer Schwimmer blieb er zurück.

Inzwischen war auch Taylor ins Wasser gerannt, und wir sahen, dass er ein guter Schwimmer war. Schon bald erreichte er unser Floß, und dann holte er den Indonesier ein. Er versuchte, Janne in Richtung Ufer zu ziehen, aber der stieß ihn weg. Im selben Moment war ein Hai da, und Lämsä wagte nicht zu schießen, da Janne und Taylor zu nahe waren.

Der Hai griff den Indonesier mit erschreckender Geschwindigkeit an. Sein Maul war geöffnet und die schrecklichen Zähne bereit, den Mann zu zerreißen. Taylor kam zum Floß und rief, dass wir ihm einen Dolch zuwerfen sollten. Wir besaßen aber keinen. Ala-Korhonen hatte das Ufer erreicht. Dort spuckte er Wasser aus der Lunge, und von seinem Kopf floss reichlich Blut.

Und wie erging es Janne?

Mit seinem Dolch schlitzte er dem Hai den Bauch von den Kiemen bis zum Schwanz auf, dann schwamm er schnell ans Ufer. Ein anderer Hai kam angeschossen, aber Lämsä traf ihn mit dem Gewehr, ehe er Taylor angreifen konnte. Wir holten Taylor aufs Floß. Janne war inzwischen am Ufer angekommen, und dort half man ihm aus dem Wasser. Das Meer war rot vom Blut, und wir ruderten jetzt ebenfalls zurück. Die Haie, die immer zahlreicher zu werden schienen, platschten wild im Wasser herum und zerrissen sich wie im Rausch gegenseitig.

Lämsä sagte:

»Die Patronen waren alle.«

Frau Sigurd hatte Verbandszeug an den Strand gebracht, nun untersuchte sie gemeinsam mit Vanninen und der schwarzen Hebamme Ala-Korhonens Verletzungen.

Er hatte eine beachtliche Wunde an der Schläfe, es war ein Streifschuss gewesen, und die Wunde blutete stark. Ala-Korhonen keuchte schwer, aber direkte Lebensgefahr bestand nicht. Er bekam einen Verband um den Kopf, und dann führten wir ihn in seine Hütte, damit er sich ausruhen konnte.

Der Indonesier Janne saß am Ufer und atmete ebenfalls schwer. Taylor schielte zu ihm hin, sagte aber nichts. Frau Sigurd blickte ebenfalls hin, dann ging sie zu ihm, fasste ihn am Arm und führte ihn zur Hütte. Janne ging brav mit.

Der gute Janne war so müde, dass er, als er die Leiter zum Balkon seiner Hütte erklimmen wollte, auf halber Höhe abrutschte und der nachfolgenden Frau Sigurd in die Arme fiel. Beide landeten auf dem Erdboden.

Da klatschte Taylor in die Hände. Das ganze Lager begann zu lachen, und der Applaus hallte über den Strand. Janne kletterte schnell die Leiter hinauf, und Frau Sigurd folgte ihm. Die beiden verschwanden in ihrer Hütte und schlossen die Tür hinter sich.

»Ich werde wohl schlafen gehen«, sagte Taylor müde.

Wir nahmen uns den Rest des Tages frei, und die schwarze Hebamme verzichtete darauf, wegen der Ereignisse rechtliche Schritte einzuleiten.

Juristisch gesehen war der Fall zu kompliziert, um ihn zu lösen. Der Indonesier Janne trank danach nicht mehr, und so geriet die Sache in Vergessenheit.

30

Ich habe bisher viel von unserem Leben am Strand des Ozeans erzählt, aber kaum etwas von der dortigen Natur, die mir, und natürlich auch all meinen Gefährten, von Monat zu Monat immer vertrauter wurde.

An früherer Stelle habe ich ziemlich genau geschildert, wie schrecklich das tropische Klima sein kann. Jetzt ist es an der Zeit, auch seine wundervollen Seiten zu erwähnen: Wenn du dich angepasst hast, hassen die Tropen dich nicht mehr. Wir hatten die Natur nicht besiegen müssen, sondern unsere eigene Natur, in diesem Falle eine fünfzigköpfige Gemeinschaft ihre kollektive Natur.

Das war uns gelungen. Wir klagten nicht mehr über die üblichen

Unannehmlichkeiten in den Tropen, denn wir hatten uns an sie gewöhnt: Eine gefährliche Schlange war für uns längst etwas ganz Gewöhnliches, denn wir wussten, dass man sie nicht reizen darf. Die giftigen Krebse im Flussbett erschreckten uns nicht mehr, denn wir hatten gelernt, uns im Gelände zu bewegen, ohne auf sie zu treten, die vielen Insekten, die herumschwirrten und eventuell Krankheitserreger übertrugen, waren akzeptierte Schicksalsgefährten, an deren Stiche sich unser Organismus inzwischen gewöhnt hatte. Und wenn wir im Meer badeten, hatten wir keine Angst mehr vor Haien, diesen an sich sehr gefährlichen Meeresräubern, denn wir wussten, was ihre Aufgabe war, und die war lebenswichtig für die Tiere selbst, aber nicht für uns – die Haie verhielten sich uns gegenüber im Allgemeinen furchtsam, manchmal spielerisch und nur selten angriffslustig. Alles in allem waren wir inzwischen eins mit dieser eigenartigen und üppigen Natur, mit ihren Tieren und mit uns selbst.

Abends, wenn ich müde von den Rodungsarbeiten zurückgekehrt war, saß ich mit Maj-Len auf dem Balkon meiner kleinen Hütte und blickte aufs Meer: Die schäumenden Wellen, die unaufhörlich an den Strand schlugen, und der Sonnenuntergang mit dem darauf folgenden Einsetzen der Dämmerung waren ein Schauspiel, das nur schwer in Worte zu fassen ist. Die basaltfarbenen Wellen, mal dunkelgrau, mal etwas heller, der fast blaue Horizont im Hintergrund, und dann rechts und links die Grenzbereiche des Gesichtsfeldes, die, wenn man lange geradeaus starrte, immer heller wurden …, diese sich ständig verändernde, aber dennoch immer gleich bleibende Landschaft wechselte innerhalb weniger Minuten ihre Farben, während die Sonne diese Region des Erdballs verließ, um vielleicht anschließend in Indien und danach, Stunden später, an der Ostküste Afrikas unterzugehen.

An diesen Abenden sprach Maj-Len nicht viel, ich ebenfalls nicht, und nur selten tranken wir Kokosschnaps.

Solche Abende gab es fast immer. Ich bemerkte, dass in dieser Dämmerstunde unser Affe aufhörte zu spielen und auf den Balkon heraus kam, er machte ein paar träge Kunststücke auf dem Geländer und setzte sich dann still auf meine Schulter oder auf meinen Schoß, und auch er blickte aufs Meer, genau wie Maj-Len und ich. Hin und wieder betrachtete er mein Gesicht, das ihn in dem dunkler werdenden Licht wahrscheinlich faszinierte, und anschließend spielte er gleichsam wieder den Menschen, oder vielleicht reagieren wir an solchen lautlosen Abenden alle gleich? Wir sind aus demselben Stoff gemacht, sagte ich mir, und manchmal schien es mir, als nicke mir der kleine Affe zu.

Liebe Leser, ihr könnt euch denken, dass ich ein glücklicher Mann war. Jetzt, da das alles vorbei, da es gewesenes, altes Leben ist, bin ich nicht annähernd mehr so glücklich, und ich glaube auch nicht, dass ich je wieder zu einem so friedvollen Leben finden kann.

Während ich über all das nachdenke, bekomme ich, nach der ganzen langen Zeit, grenzenlose Sehnsucht nach dem feindseligen Ozean und dem lieben kleinen Affen, den ich seiner Mutter so roh geraubt hatte.

Ich möchte jedoch den abenteuerlustigen Leser nicht länger mit Naturschilderungen langweilen, schon allein deshalb, weil ich glaube, gar nicht die Fähigkeiten zu besitzen, all das wirklich beschreiben zu können, ich möchte nur noch sagen, dass diese Erlebnisse eine Veränderung in mir bewirkten.

Ich begann instinktiv, den Verstand ausschaltend, mit dem Gedanken zu spielen, für den Rest meines Lebens an diesem verfluchten und trotzdem so wunderbaren Strand zu bleiben.

Wenn Maj-Len in solchen Augenblicken meine Hand drückte

und lautlos schluckte, wusste ich, dass sie dieselben Gefühle und Gedanken hatte wie ich, und dass vielleicht auch der kleine Affe mit uns einer Meinung war, dass wir aus Versehen in ein Land geraten waren, aus dem wir am liebsten nie wieder wegwollten.

31

Die Südostpassate des Stillen Ozeans bliesen schon seit Wochen, Frau Sigurds Schwangerschaft hatte sich großartig entwickelt, das Lager hatte für jedes seiner Mitglieder anständige Pfahlhütten gebaut, und die Rodungsarbeiten waren so weit gediehen, dass das erste S und das besonders aufwändige O fertig waren. Wir lebten mittlerweile sieben Monate auf der Insel.

Der kleine Affe, den ich gefangen hatte, war so zahm geworden, dass er mir überallhin folgte und sogar kleine Aufgaben erledigte. Süß.

Einmal war ich zusammen mit Copilot Reeves zum Schnapsbrennen eingeteilt. Das Lager hatte neue Destillationsapparate angefertigt, und die Herstellung des Kokosschnapses war so organisiert, dass sich alle, die Alkohol tranken, beim Destillieren und beim Sammeln der Früchte abwechselten.

Schnaps zu brennen ist eine interessante Arbeit. Sie erfordert Sorgfalt, und der Erfolg ist nicht immer garantiert. Ruhe und Besonnenheit machen sich auf jeden Fall bezahlt, und wenn aus dem Rohrende schließlich Schnaps zu tropfen beginnt, ist die Freude groß.

Bei der Arbeit hatten wir Zeit, uns zu unterhalten, und oft sprachen wir über politische Fragen. Diesmal fing Reeves an:

»Wie vielen Leuten im Lager mag wohl klar sein, dass wir eigentlich im Sozialismus leben?«, sagte er. »Wir haben hier kein Eigentum, über das wir streiten könnten, alles gehört uns gemeinsam. Alle Grundbedürfnisse sind abgedeckt, die Nahrungsmittel werden gemeinsam beschafft und nach den Bedürfnissen und nicht nach der geleisteten Arbeit verteilt, alle Leute wohnen in Hütten, die wir gemeinsam errichtet haben, die medizinische Betreuung ist kostenlos, wir haben keine Bank und auch kein Geld, es sei denn, man bezeichnet die Arbeitsstundenabrechnung im Dschungelrestaurant als Zahlungsmittel. Aber Schnaps ist ja schließlich auch kein Grundbedürfnis. Wir leben in einem echteren Sozialismus als die sozialistischen Völker Europas.«

Ich gab ihm Recht. Nachdem wir auf der Insel gestrandet waren, hatte er viel über diese Dinge nachgedacht, aus dem konservativen Briten war ein Kommunist geworden.

»Zu Hause in England war ich ein überzeugter Konservativer. Ich war immer der Meinung, dass England nie eine Arbeiterrevolution erleben wird, denn auch der englische Arbeiter ist ein Konservativer, ein Mitglied des Oberhauses im Blaumann, wir Engländer sind politisch ein rückschrittliches Volk.«

»Sind denn etwa alle Völker auf dem Kontinent fortschrittlich, zum Beispiel die Franzosen, die Deutschen?«

»Die haben es wenigstens versucht, wir Engländer haben nicht mal das fertig gebracht. Wenn von einer Verbesserung der Lage der Arbeiter die Rede war, dann dachte auch ich stets, dass ich als Einzelner nichts ausrichten kann. Ganz England denkt so, der Individualismus hat uns blind gemacht.«

Schnaps tropfte zügig aus dem Rohr, Reeves blies in die Holzkohle, Dampf zischte aus dem Kessel, und der zahme Affe reichte uns den gefüllten Becher. Diese Arbeit hatte er mühelos gelernt.

»Wenn die Leute im Lager erkennen, dass unser Leben hier sozialistisch ist, was passiert dann wohl?«, fragte ich Reeves.

»Nichts. Die meisten dieser Leute hatten in Europa ganz andere Ansichten, aber hier ist Gemeinsamkeit einfach die Bedingung fürs Überleben, hier kann man kein anderes System ausprobieren, sonst ist allen der Untergang gewiss. Wenn hier jemand anfängt, Besitz anzuhäufen und von anderen die Arbeiten verrichten zu lassen, für die er selbst zuständig ist, dann fällt das Gesamtergebnis kleiner aus, und die Schwächeren bekommen kein anständiges Essen, keine guten Hütten. Unter unseren Bedingungen können wir uns Experimente nicht leisten. Hoch entwickelte Industriegesellschaften verkraften den Widerspruch, aber dieses Lager nicht. Auch daran, dass wir keine Polizei brauchen, sieht man, dass hier der Sozialismus verwirklicht ist. Jannes und Taylors Eifersuchtsdrama war eigentlich der einzige Fall, in dem ein Ordnungshüter nötig gewesen wäre. Geheimpolizei wird man hier niemals brauchen.«

»Stellen wir uns mal vor, wir bleiben hundert Jahre auf dieser Insel. Es würde ein Stamm entstehen, dann ein Volk …, siegt da nicht schließlich doch der europäische Kapitalismus?«

Reeves dachte eine Weile nach. Dann sagte er:

»Das könnte möglich sein, da wir Stammväter aus Europa kommen. Wir würden vermutlich unseren Kindern von den europäischen Verhältnissen erzählen, und wenn dann die Produktion wachsen würde, bliebe über die Grundbedürfnisse hinaus Überschuss zum Verteilen, zum Raffen …, aber wenn wir ein Naturvolk wären, würde meiner Meinung nach kein Widerspruch entstehen. Fast alle Naturvölker leben nach dem Prinzip der gleichmäßigen Verteilung, und die Menschen dort kümmern sich umeinander.«

Er fügte noch hinzu:

»Wenn ich wieder nach England komme, werde ich dort von diesem Lager berichten. Es ist eine wirklich interessante Erfahrung.«

Ich fragte ihn, ob Robinson Crusoe seiner Meinung nach ein Sozialist gewesen sei.

»In gewisser Weise. Er hat sein Hab und Gut und seine Fähigkeiten mit Freitag geteilt. Aber er war wohl trotzdem der Herr auf seiner Insel, und Freitag war, außer sein Gefährte, auch sein Gehilfe …, die Art und Weise, in der Robinson diese Beziehung führte, war doch ein wenig feudalistisch. Aber er war allein auf die Insel gekommen, Freitag kam später. Die beiden waren quasi eine Familie, wir sind ein Stamm. Wenn hier eines Tages so ein Robinson anmarschiert käme, würde er mit uns wohl kaum so problemlos leben können wie mit Freitag. Man würde ihn nicht so ohne weiteres zum Stammeschef ernennen.«

»Die schwarze Hebamme würde ihn zur Arbeit einteilen.«

»Bestimmt. Und ich denke, er würde nicht widersprechen. Er war immerhin ein kluger Mann.«

32

Die Rodung des letzten großen S erwies sich als vergleichsweise leicht: Nach Ende der Regenzeit peinigten die Insekten uns schwitzende Bäumefäller nicht mehr so frech, und außerdem empfanden wir die Hitze nicht mehr als so unangenehm.

Gut möglich, dass auch der Sonnenschein, der bis auf den Arbeitsplatz drang, zusätzlich aufmunternd wirkte. Wie dem auch sei, für den letzten Buchstaben brauchten wir nur einen Monat und drei Tage.

Mir fiel auf, dass Maj-Len immer trauriger wurde, je weiter die Arbeit voranschritt. Anfangs begriff ich nicht, was los war, aber als wir den letzten Bogen des S machten, es war unsere vorletzte Arbeitswoche, erkannte ich den Grund für ihre Schweigsamkeit und Traurigkeit, die mich ein wenig beunruhigt hatten.

Jetzt im Nachhinein glaube ich, dass Maj-Len mit Taylor über ein Verbleiben auf der Insel gesprochen hatte. Ich selbst hatte nicht gewagt, mich über meine Absichten – sofern sie denn klar waren – zu äußern, aber Taylor hatte, trotz unserer Vereinbarung, anscheinend das Bedürfnis gehabt, seine Meinung über die vorhandene oder nicht vorhandene Notwendigkeit der Rodungsarbeiten kundzutun.

Nach Fertigstellung der Buchstaben spitzte sich die Situation dermaßen zu, dass sich das Lager in zwei Gruppen aufspaltete und das geplante Fest alles andere als harmonisch verlief.

Nachdem wir das letzte S in Rekordzeit fertig gestellt hatten, veranstalteten wir, treu unserer Gewohnheit, ein gemeinsames Fest, ein Richtfest zu Ehren unserer gelungenen monatelangen Anstrengungen.

Schon zwei Wochen zuvor hatten die Frauen – die derzeit für die Alkoholherstellung zuständig waren – reichliche Mengen Kokosschnaps gebrannt. In der Freizeit hatten wir neue Trinkbecher geschnitzt, und das bevorstehende gemeinsame Fest war abends auf den Balkonen das beherrschende Thema gewesen, ganz ähnlich wie in den Büros der großen finnischen Konzerne die alljährliche Weihnachtsfeier, auf der die Firma ein paar Drinks und Schinkenbrote spendiert.

Aber durchaus nicht alle waren in Feierstimmung.

Am Morgen des Festtages, als uns gerade unser Affe weckte, hörte ich, wie jemand von unten an den Balkon klopfte. Ich ahnte, dass Taylor gekommen war, denn ich kannte seine Art, beim Gehen die Füße anzuheben, um Rascheln zu vermeiden, wobei er aber dennoch tapsende Geräusche verursachte.

Taylor klopfte eine Weile und sagte dann:

»Maj-Len, könntest du bitte deinen Mann aufwecken.«

Maj-Len nahm den Affen auf den Arm, warf sich ihren Umhang über, den sie sich aus dem Stoff der Rettungswesten genäht hatte, und ging dann auf den Balkon, um die Leiter herunterzulassen. Ich hörte ein Getuschel, und kurz darauf verdunkelte sich die Türöffnung, als Taylor eintrat.

»Ich würde gern mit dir reden«, sagte er. »Lass uns zu den Riffen rausfahren, dort können wir uns in Ruhe unterhalten.«

Ich pflegte den Tag mit Schwimmen im Meer zu beginnen, und oft ruderte ich mit dem Gummifloß bis zu den Riffen, wo sich die Wellen des Ozeans an den Korallen brachen. Auf Taylors Vorschlag hin ruderten wir nun zu zweit hinaus, und als wir bei den Riffen anlangten, sprang ich ins Meer. Taylor hielt währenddessen Haiwacht, und als ich genug gebadet hatte, gab ich ihm die Gelegenheit, ins klare Wasser zu tauchen.

Endlich kletterte auch er wieder auf das Floß. Wir saßen in der Sonne und beobachteten die Wellen, dabei ließen wir das Floß treiben, und bald waren wir so weit von den Riffen entfernt, dass wir nicht schreien mussten, um die Brandung zu übertönen.

»Jetzt sind die Buchstaben also fertig«, sagte Taylor. Ich nickte und wartete auf die Fortsetzung.

»Ich möchte auf keinen Fall von hier weg. Mir scheint, dass auch du nicht mehr so erpicht darauf bist, die Insel zu verlassen.«

Ich dachte nach. Schon allein dieser Morgen: Würde ich in Europa je ein solches Erwachen und diese Art der Morgenwäsche erleben, oder die herrliche Freiheit, die wir hier hatten? Kaum.

Ich sagte zu Taylor, dass es tatsächlich stimmte, ich hatte keine große Lust, nach Hause zurückzukehren. Ich erzählte ihm, dass Helsinki zwar nur klein, aber trotzdem voller Verkehr sei, und besonders im Winter sei es dort äußerst unangenehm, dann fiele nämlich Schnee, der sich auf dem Boden sofort in scheußlichen Matsch verwandelte, und die Helsinkier trugen dann nicht etwa Gummistiefel, sondern liefen in Nappalederschuhen herum, mit nassen Füßen und triefender Nase, den ganzen langen Winter hindurch.

Taylor sagte, dass er die Sache auf dem Fest zur Diskussion stellen wolle. Er fragte, ob ich mich in einem kleinen Wortbeitrag für das Verbleiben auf der Insel aussprechen würde.

Wir einigten uns auf dieses Vorgehen. Taylor bekannte, dass er bereits mit diesem und jenem vertraulich über die Sache gesprochen habe, und etliche hatten gemeint, dass es eine verdammt dumme Idee sei, diesen schönen Strand zu verlassen. Aber viele, besonders all jene, die Familie hatten, wollten weg, koste es, was es wolle.

Wir ließen uns mit dem Floß an den Strand treiben. Die Frauen, die nackt am Ufer herumplanschten, bespritzten uns mit Wasser und zogen dann das Floß auf den Sand.

Bald waren die Leute mit ihren morgendlichen Verrichtungen fertig und begannen mit den Festvorbereitungen. Die schwarze Hebamme stellte zusammen mit der schönen Gunvor in der Dschungelbar ein langes Brett als zusätzlichen Tisch auf, dann deckten sie Kokosbecher in langen Reihen ein. Am Rande des Dschungels hantierten fünf Frauen um ein Lagerfeuer. Sie bereiteten einen Keiler nach fränkischer Art: Das mit Früchten gefüllte Tier steckte auf einem langen Spieß, der über dem Feuer gewendet wurde.

Unsere Waldarbeiter einschließlich des Forstmeisters hatten

schon in den frühen Morgenstunden am Ufer einen großen Holzstoß angezündet, der inzwischen zu Asche verbrannt war. Jetzt vergruben sie in der heißen Asche große Fische, die sie mit herben Dschungelpflanzen, allerlei Zwiebeln und Zitronen, gefüllt hatten.

In unserem Kühlschrank stand ein Bottich mit ausgepresstem Fruchtsaft, der schön kalt war, denn die Sonne stand bereits hoch am Himmel und erhitzte die Deckplane, dass sie nur so dampfte.

Lakkonen, Lämsä und Reeves schleppten in Holzeimern Kokosschnaps herbei: Sie hatten während der ganzen vergangenen Nacht den Herstellungsprozess im Dschungel überwacht, und wie es schien, war die Verkostung sehr gründlich ausgefallen. Aber niemand mochte etwas sagen, schließlich war es ein Festtag.

Nach der Mittagsstunde rief die schwarze Hebamme das Lager zusammen. Das Fest begann.

Taylor stieß mich an und sagte, dass wir die Stimmung nicht gleich zu Beginn verderben, sondern vorläufig den Mund halten wollten.

Das Fleisch war gut, es troff vor Fett, und das Meeressalz und die Füllung aus Früchten verliehen ihm einen wirklich ausgezeichneten Geschmack.

Aber zuerst aßen wir die in der Asche gegarten Fische: Makrelen, Schwertfische, Meeresforellen und was es da sonst noch an herrlichen Meeresräubern gab. Wir aßen auch Flusskrebse und tranken dazu Schildkrötensaft als Soße. Mit dem Fruchtsaft spülten wir nach, und zum Fleisch ließen wir uns den Kokosschnaps schmecken. An jedem Tisch wurde fröhlich geplaudert, und die beiden zahmen Affen hüpften fröhlich zwischen den Feiernden herum wie kleine Hündchen, die sich über das Glück ihrer Herrchen freuen.

Es wurde auch gesungen, schwedische, englische, norwegische und natürlich auch finnische Lieder erklangen, sogar die Internationale, und die ebenfalls in mehreren Sprachen.

Am späteren Nachmittag erhob sich Taylor mit dem Kokosbecher in der Hand, um eine Rede zu halten. Er dankte allen Lagerbewohnern, sogar den Affen, und dann begann er das Meer, den Sandstrand und den Dschungel zu preisen. Er sprach wirklich sehr schön über unser Leben auf der Insel. Die Leute lauschten still und nickten hin und wieder zu seinem lyrischen Erguss. Schließlich kam er zu seinem eigentlichen Anliegen und sagte, dass es kein vernünftiger Mensch fertig bringen könne, diesen herrlichen Ort zu verlassen, zurückzureisen ins schmutzige Europa, Steuern zu zahlen, ums Dasein zu kämpfen, nutzlose Produkte zu erwerben und mit großen Bossen um sein bisschen Gehalt zu feilschen.

Er beendete seine Rede mit dem Appell an alle, auf der Insel zu bleiben, das fertige SOS vorläufig nicht anzuzünden, sondern quasi aufzusparen. Denn wenn wir gefunden würden, könnten wir nie wieder hier leben, man würde uns gewaltsam in unsere Länder zurückbringen, damit wir dort nutzlose Arbeit leisteten und vom vielen Rauchen auf den Krebsstationen der Krankenhäuser landeten …, nie wieder könnten wir nackt und ohne uns zu schämen durch heißen Sand laufen, wir könnten auch keine Jagdfeste mehr feiern, wenn wir ein Wildschwein erlegt haben, könnten nicht mehr fischen, keine ehrlichen zwischenmenschlichen Beziehungen mehr knüpfen …

Die Rede sorgte für Verwirrung. Viele standen auf, um zu protestieren, andere applaudierten, als Taylor sich wieder hinsetzte. Die schwarze Hebamme war völlig fassungslos. Sie, die die oberste Leitung des Lagers innehatte, wusste einfach nicht, wie sie reagieren sollte. Frau Sigurd stand auf und sagte, da das ganze Lager monatelang im heißen Dschungel geschuftet habe, können man von dem Vorhaben nicht mehr zurücktreten, andererseits könnte sie persönlich sich durchaus vorstellen, hier zu bleiben (bei diesen Worten sah sie ihren indonesischen Freund Janne an, der leise seine Trommel schlug und sich nicht groß um den ganzen Aufruhr kümmerte).

Keast bat ums Wort. Er sah Taylor wütend an und sagte, dass ein solcher Gedanke völlig abwegig sei und dass er persönlich diesen verfluchten Strand verlassen wolle, sowie er die Möglichkeit dazu habe, auch fordere er, dass das Ergebnis der gewaltigen Rodungsaktion genutzt werde. Taylors Ansichten seien krank, sagte er und setzte sich wutschnaubend wieder auf seinen Platz.

Auch ich sprach. Ich erzählte von dem Umschwung in meiner Stimmung, hob die positiven Seiten unseres derzeitigen Lebens hervor und stellte mich schließlich vorbehaltlos hinter Taylors Vorschlag.

Die schwarze Hebamme hatte sich endlich wieder in der Gewalt. Nach meinen Worten sagte sie, da es im Lager Meinungsverschiedenheiten in dieser Frage gebe, müssten wir abstimmen. Die Leute murrten zwar heftig, billigten aber schließlich ihren Vorschlag. Frau Sigurd verlangte, dass die Abstimmung in dieser wichtigen Frage geheim sein müsse, und das wurde ebenfalls akzeptiert.

Aber wir hatten weder Papier noch Bleistifte, sodass wir nicht nach europäischer Manier Stimmzettel benutzen konnten. Bald hatten wir jedoch eine ebenso praktikable Methode gefunden: Wir holten uns, unserer Personenzahl entsprechend, lederige Blätter aus dem Dschungel und vereinbarten, dass jene, die in die zivilisierte Welt zurückkehren wollten, ihr Blatt falten, und die anderen, die für ein vorläufiges Verbleiben auf der Insel waren, ihr Blatt glatt lassen sollten. Damit niemand den anderen beobachten könne, sollte jeder sein Blatt allein zu einem etwa fünfzig Meter entfernt stehenden Kokosgefäß tragen, sodass er unterwegs ungesehen sein Blatt falten könne oder auch nicht.

Die Abstimmung dauerte gut zwanzig Minuten. Nachdem jeder Lagerbewohner seinen Gang zu der Kokosschale absolviert und sich auch mein Affe irgendwo ein Blatt abgerissen und es hingetragen hatte, konnten wir mit der Auszählung beginnen.

Die Stimmen waren ziemlich gleichmäßig verteilt: einundzwanzig Blätter waren glatt und die restlichen geknickt beziehungsweise eingerissen, eines davon gänzlich zerfetzt. Als wir die geknickten Exemplare zählten, kamen wir auf achtundzwanzig. Wir wunderten uns, wer wohl zwei Blätter hingebracht haben mochte, aber dann begriffen wir, dass das überzählige Blatt die Stellungnahme meines Affen für ein Verlassen der Insel war.

Die pure Unwissenheit musste ihn dazu getrieben haben, denn was sollte ihm wohl die europäische Lebensweise einbringen!

Wie dem auch sei, das Ergebnis der Abstimmung war eindeutig: Wir würden die Insel verlassen.

Na schön! Wir von der Taylorpartei spülten unsere Niederlage mit Kokosschnaps hinunter, und obwohl uns die Sache schmerzte, konnten wir dennoch das Fest genießen, das bis spät in die Nacht dauerte. Wir tanzten, sangen, aßen und tranken. Janne trommelte, die Affen sprangen wild herum, und irgendjemand küsste in seiner Trunkenheit Frau Sigurd, ich erinnere mich nicht, ob ich es war oder ein anderer.

Am nächsten Morgen verkündete die schwarze Hebamme, dass wir das Lager ein wenig sauber machen sollten, ansonsten brauche aber niemand Arbeit zu leisten, es sei für alle ein freier Tag.

Wir befanden uns jetzt seit achteinhalb Monaten in diesem einsamen Erdenwinkel.

33

Nachdem wir die SOS-Buchstaben von einem halben Kilometer Länge in den Dschungel gerodet hatten, und nachdem die Abstimmung auf dem anschließenden Fest gezeigt hatte, dass wir das Signal auch anwenden würden, realisierten wir den zweiten Teil des Plans, der wesentlich leichter als der erste war.

Wir bereiteten, mit Pfählen als Mittelpunkt, Lagerfeuer vor. Wir errichteten sie als fortlaufende Linie in der gerodeten Schneise, und zwar in Abständen von jeweils zehn Metern. Dort, wo felsige Erhebungen waren oder wo sich die Stümpfe der großen Bäume befanden, war die Aufgabe einfach: Wir sammelten lediglich trockenes Holz, schnitzten Späne und schichteten alles auf, sodass es zum Anzünden fertig war. Aber dort, wo der Dschungeluntergrund feucht und wässerig war, mussten wir eine Unterlage für die Feuer schaffen, damit sie ohne Störung brennen konnten.

Mit diesen Vorbereitungen waren wir drei Wochen beschäftigt. Wir machten insgesamt dreihundertvierzehn Feuerstellen.

Weder Taylor noch ich noch ein anderer aus unserer Fraktion sperrte sich gegen die Arbeit, auch wenn wir unsere eigene Auffassung hatten, was deren Notwendigkeit betraf. Wir murrten zwar ein wenig, aber eigentlich mehr scherzhaft, denn wir wollten die Beschlüsse des Lagers einhalten, wie immer sie auch lauteten.

Und außerdem waren Keast und mir leise Zweifel am Funktionieren des Systems gekommen: Womöglich würden die Satelliten diesen historischen Schriftzug doch nicht erkennen? Keast legte sich mächtig ins Zeug, er wachte sogar an den Abenden, ob die Holzstöße auch hielten, und wenn Regenwetter kam, blickte er besorgt zum Himmel auf und flehte wahrscheinlich den Allmächtigen an, das Feuerholz vor dem Durchfeuchten zu bewahren.

Grund zur Sorge bestand jedoch nicht, denn die finnischen Waldarbeiter, erfahren mit Einödbedingungen, waren auf die Idee gekommen, in jedem Holzstoß einen tüchtigen Klumpen Harz zu platzieren.

Die letzte Phase der Operation Notsignal war das Anzünden der Feuer. Für diesen Zweck fertigten wir vierzig Harzfackeln an. Wenn vierzig Leute je eine Fackel nehmen würden, dann hätte jeder im Durchschnitt acht Feuer anzuzünden, so hatten wir errechnet. Außerdem sollten sich ein paar Leute in Reserve halten, für den Fall, dass eine der Fackeln erlosch oder sonst etwas passierte.

Laut unseren Berechnungen sollte es uns gelingen, die Feuerkette auf den gesamten drei Kilometern innerhalb einer knappen Stunde anzuzünden, selbst dann, wenn einige Fackelträger Probleme hätten.

Die Holzstöße, die Fackeln und die Leute waren endlich bereit, seit dem Unglück waren nunmehr neun Monate und sieben Tage vergangen. In der folgenden Nacht sollte die Aktion starten.

Schon am Abend entfachten wir in der Mitte eines jeden Buchstabens zwei Grundfeuer, an denen die Fackeln später entzündet werden konnten.

Wir machten einen Uhrenvergleich: 20.05.

Die schwarze Hebamme und Keast, die gemeinsam das Anzünden überwachen sollten, ließen uns in einer Reihe am Strand antreten und überprüften sämtliche Fackeln. Vierzig Fackeln samt Träger und acht Mann in Reserve. Das musste reichen. Wir hatten beschlossen, mit dem Anzünden um Punkt 21.00 Uhr zu beginnen. Vorher mussten die Fackeln aber bereits brennen.

Wir glaubten, dass wir den größten Effekt dann erzielen würden, wenn unsere Riesenbuchstaben einigermaßen überraschend aufflammten.

Wir begaben uns auf die Standorte. Keast überwachte den Vorgang am linken Rand des O, die schwarze Hebamme am ersten S und Lakkonen am letzten S.

»Dies sind bestimmt die größten Reklamelichter der Welt«, sagte Lämsä, der, genau wie ich, für den mittleren Buchstaben, also das O, eingeteilt war.

In der Dunkelheit glühten die Fackeln, und in das Rauschen des Dschungels mischten sich menschliche Stimmen. Übertönt wurde alles von Keasts englisch gefärbtem Finnisch:

»Jetzt ist es twentti-eins«, brüllte er. »Zünd an!«

Die ganze Kette wiederholte den Befehl, und dann machten wir uns ans Werk. Die Fackeln flackerten, die Leute rannten zwischen den Feuern hin und her, das brennende Harz stank, und die Affen des Dschungels schimpften halb verängstigt und halb ärgerlich.

Lämsä hantierte fluchend mit seiner Fackel, ich hörte ihn brabbeln: »Verflucht nochmal, wenn man eine Gallone Benzin hätte, bräuchte man sich nicht mit den dämlichen Harzklumpen abzuplagen«, doch dann hatte er sein erstes Feuer entzündet, und er rief zufrieden:

»Na endlich, jetzt brennt das Mistding wie die Liebe der Witwe Loukusanvaara.«

Ich dachte nicht weiter darüber nach, welche Probleme er in Finnland gehabt haben mochte, den Liebeshunger der Witwe Loukusanvaara zu wecken, mit den Holzstößen jedenfalls hatte man seine liebe Not. Die Harzkugeln waren feucht, und man musste sie mit der Fackel erst ziemlich lange erwärmen, ehe sie Feuer fingen. Das helle Licht der Fackel blendete, und dicker

Harzrauch drang einem in die Augen, sodass man aufpassen musste, dass man nicht aus Versehen den ganzen Holzstoß zerwühlte. Und wenn man ihn endlich angezündet hatte, musste man schnell zum nächsten rennen, und alles begann von vorn.

Bald wurde meine Fackel schlackig, sodass ich sie putzen musste, und nach vier Holzstößen erlosch sie endgültig aus Mangel an Teer.

In jeder Buchstabenschneise gab es zwei Stellen zum Nachfassen von Harz, und ich lief hin, um mein Zündgerät neu zu laden.

Komisch, dass man bei einer Arbeit, die man nie zuvor gemacht hat, bald seine eigene Technik entwickelt. Ich fand schon beim dritten Holzstoß heraus, dass es nicht sinnvoll war, die Fackel beim Laufen aufrecht zu halten – es bestand die Gefahr, dass sie in der Eile erlosch. Besser war es, sie waagerecht zu halten, so hielt der Luftwiderstand den Feuerkopf am Glühen, und man konnte ihn wieder aufflammen lassen, wenn man den nächsten Holzstoß erreicht hatte. Wenn man die brennende Fackel aufrecht über dem Kopf trug, tropfte einem außerdem heißes Harz auf den Hals und ins Haar, und das brannte natürlich mörderisch.

Schon nach einer halben Stunde hatte ich zehn Holzstöße entzündet. Wir hatten vereinbart, dass derjenige, der mit seinem Anteil fertig war, zu den Grundfeuern kam, um neue Anweisungen entgegenzunehmen.

Ich war der Erste dort. Bald erschien auch Lämsä, und dann kamen nach und nach die anderen.

Keast schickte Lämsä zum ersten S, wo er nachsehen sollte, wie es dort um die Feuer stand. Ich bekam die Aufgabe, zum letzten S zu spurten und von Lakkonen dasselbe zu erfragen.

Ich rannte mit der erloschenen Fackel unter dem Arm zwischen den Buchstaben hindurch zu Lakkonens Grundfeuer und er-

158

fuhr, dass es hier Probleme gab: Mehreren Frauen waren die Fackeln erloschen, und mindestens zwanzig Holzstöße waren noch völlig unberührt. Lakkonen schickte mich sofort in die Spur.

Die Reihenfolge war schließlich, dass unser Buchstabe, also das O, zuerst aufflammte, dann das erste S und zum Schluss Lakkonens S. Aber auf jeden Fall ging alles schnell, nach sechsundvierzig Minuten waren sämtliche Holzstöße angezündet, und einige loderten schon heftig.

Die Botin der schwarzen Hebamme, nämlich die schöne Gunvor, hatte sich auf dem Weg zu Keast verirrt und tauchte erst bei den Feuern im letzten Buchstaben auf, sie war schwarz von Ruß, nur die Augen zeichneten sich als helle Ringe im Gesicht ab.

»Die schwarze Hebamme will noch mehr Männer«, sagte sie. Weil ich gerade Zeit hatte, lief ich mit ihr zum ersten S.

Als wir ankamen, war auch dort bereits die Situation geklärt: Alle Feuer brannten.

Zu diesem Zeitpunkt war es bereits 22 Uhr, sogar schon etwas später. Die schwarze Hebamme und Keast stiegen auf eine Aussichtsplattform, die etwa in der Mitte des O auf einem riesigen Baum befestigt war, mit sich führten sie ein Megafon, das der Indonesier Janne konstruiert hatte.

Nun kehrten wir wieder alle auf unsere Plätze zurück. Jetzt war Sprechen verboten, denn jeder hatte die Aufgabe, nicht nur seine Feuer zu schüren und am Brennen zu halten, sondern auch zu horchen, was Keast und die schwarze Hebamme von ihrem Baum herabriefen.

Das System funktionierte tadellos. Keasts tiefe Stimme war nicht gut zu verstehen, aber die hohe, schrille der schwarzen Hebamme drang durch das hölzerne Megafon bis in alle Buchstabenwinkel, und wir erfuhren, welche Feuer zu schwach brannten, welche wiederum ein wenig eingedämmt werden konnten und wie sich das Ganze überhaupt aus vierzig Metern Höhe ausnahm.

In den frühen Morgenstunden durften wir der Reihe nach ein wenig ausruhen. Gunvor war mir seit dem Abend gefolgt. In der ersten Ruhepause fragte sie mich:

»Weißt du, dass ich nicht verheiratet bin?«

»Wieso?«, fragte ich dämlich.

»Maj-Len ist es aber.«

»Aha«, sagte ich und röstete für Gunvor und für mich ein Stück fetttriefendes Schweinefleisch. Maj-Len hatte ich während der ganzen Zeit nicht gesehen, und das war kein Wunder, denn sie war für Lakkonens S eingeteilt, für die Seite, die dem Strand zugewandt war.

Wir waren die ganze Nacht im Einsatz, schoben Schicht, wie Lämsä sagte.

Als der Morgen graute, stiegen die schwarze Hebamme und Keast von ihrem Feuerüberwachungsbaum herunter und wiesen uns an, die Feuer zu löschen.

Das war einfach: Jene, die auf einer Unterlage brannten, brauchten wir nur in den wässrigen Untergrund zu kippen, die anderen schlugen wir auseinander.

Wir kehrten müde an den Strand zurück, gingen in unsere Hütten und legten uns schlafen. Wir hatten mit feurigen Buchstaben unseren Wunsch nach Freiheit in die Welt geschrieben, und jetzt brauchten wir nur auf die Reaktion der Leser zu warten, wenn es denn überhaupt eine gegeben hatte.

34

Am nächsten Tag ruhten wir uns aus. Keast vermutete, dass es, falls unsere Feuerbuchstaben wirklich bemerkt worden waren, ein paar Tage dauern würde, ehe eventuelle Retter auftauchten. Wir warteten also in Ruhe ab, ob unsere aufwändige Aktion Erfolg gebracht hatte.

Es vergingen drei Tage, und nichts geschah. Taylor und Reeves wirkten zufrieden. Keast hingegen wurde zusehends trauriger. Er lief nervös am Ufer auf und ab und starrte gebannt aufs Meer. Womöglich war doch alles umsonst gewesen? Keast war der Erfinder des Plans, und anscheinend fürchtete er, dass er die Lagerbewohner für nichts und wieder nichts hatte monatelang schwer schuften lassen.

Am Abend des vierten Tages, als Keasts Niedergeschlagenheit ihren Höhepunkt erreicht hatte, entdeckten wir hinter den Riffen fern am Horizont ein großes graues Schiff.

Keast bemerkte es als Erster. Er rief begeistert, dass ein Schiff in Sicht sei, und sämtliche Bewohner des Lagers versammelten sich neugierig am Ufer. Das Schiff näherte sich. Nach etwa einer Stunde konnten wir erkennen, dass es nicht allein kam, sondern dass ihm ein paar kleinere folgten. Als sie alle bis auf wenige Seemeilen herangekommen waren, stellten wir fest, dass es Kriegsschiffe waren.

Das größte Schiff ankerte weit hinter den Riffen. Die kleineren kamen bis dicht an die Riffe heran, und wir sahen, dass sie zur US-Flotte gehörten. Das größere war ein Flugzeugträger, und die kleineren waren Zerstörer.

Von den Zerstörern wurden drei große Gummiboote zu Wasser gelassen und jedes mit etwa zehn Mann besetzt. Dann fuhren sie hinter den Riffen hin und her, um nach einem Durchlass zu suchen.

Vom Deck des Flugzeugträgers starteten zwei Helikopter, die den Gummibooten den Weg in die Lagune wiesen. Anschließend kreisten sie über dem Strand und sahen das Lager. Wir rannten in den Dschungel – wir erinnerten uns noch mit Bitterkeit an den Beschuss durch einen Militärhubschrauber, den wir vor einiger Zeit erlebt hatten.

Die Helikopter kehrten auf den Flugzeugträger zurück. Es war klar, dass unser Lager und die großen rußig-schwarzen SOS-Buchstaben geortet worden waren.

Die drei Gummiboote näherten sich. Hinten tuckerten Außenbordmotoren, die voll bewaffneten Männer hatten sich hingekniet. Wir blieben in unserem Versteck, als die Boote auf den Sand stießen.

Die Besatzung schien aus Marineinfanteristen zu bestehen, es waren dreißig Mann und drei Offiziere.

Die Leute kamen an Land und untersuchten vorsichtig unser Lager. Sie durchstöberten jede Hütte, und als sie niemanden fanden, versammelten sie sich im Zentrum des Lagers und riefen in den Dschungel:

»Wir kommen von der Marineinfanterie der Vereinigten Staaten. Wir haben Ihr Notsignal bemerkt. Unsere Absichten sind friedlich, wir wollen Sie retten«, riefen sie auf Englisch.

In diesem Moment wurde uns plötzlich bewusst, dass wir nur sehr spärlich bekleidet waren. Wir waren es gewöhnt, so im Lager herumzulaufen, aber jetzt, da junge Soldaten gekommen waren, um uns zu retten, schämten wir uns unserer mangelhaften Bekleidung.

Aber daran war nichts zu ändern.

Die schwarze Hebamme und Keast traten aus dem Dschungel.

Die schwarze Hebamme ging ohne Umschweife zu den Männern, obwohl ihr Oberkörper völlig nackt war.

Die Amerikaner, die sich fröhlich unterhalten hatten, waren so verdattert, dass es ihnen die Sprache verschlug. Mir schien, als wären sie richtig erschrocken.

Die Männer erröteten, aber dann trat einer der Offiziere mutig vor, reichte der schwarzen Hebamme die Hand und stellte sich vor. Ein Soldat zog sein Hemd aus und gab es der schwarzen Hebamme, die ihren Oberkörper damit verhüllte.

»Ich bitte Sie, Ihre Waffen auf die Boote zu bringen, sonst wagen sich unsere Leute nicht aus dem Dschungel«, sagte sie. »Wir sind hier fast fünfzig Personen, hauptsächlich Skandinavier im Dienst der Vereinten Nationen, wir sind voriges Jahr hier gestrandet.«

Die Soldaten boten ihr und Keast Zigaretten und Schokolade an. Dann baten sie die beiden, uns aus dem Dschungel zu rufen. In diesem Moment dachte ich bei mir, was wohl wäre, wenn ich gar nicht hinginge. Maj-Len und Gunvor hockten neben mir, in einiger Entfernung sah ich Taylor. Reeves kam zu mir und sagte, dass er auf keinen Fall auf eines der Schiffe gehen werde. Iines Sotisaari war derselben Meinung.

Als die schwarze Hebamme rief, dass wir ohne Bedenken hervorkommen könnten, folgte ich der Aufforderung nicht, und auch Taylor, Reeves und die Frauen, die sich in unserer Nähe befanden, blieben auf ihrem Platz.

Die meisten Lagerbewohner gingen jedoch an den Strand. Sie lachten froh, reichten den Soldaten die Hand und umarmten sie, und die Soldaten gaben den halb nackten Leuten Kleidungsstücke. Einer der Offiziere sprach in ein Walkie-Talkie.

Die schwarze Hebamme zählte ihre Leute und bemerkte sofort, dass etwa zehn fehlten. Sie war besorgt und rief nach uns. Die

Offiziere fragten, warum wir nicht kämen, und die schwarze Hebamme erwiderte, dass wir vielleicht gar nicht gerettet werden wollten.

»Ein sonderbares Benehmen«, sagte ein Leutnant. »Wenn ich fast ein ganzes Jahr lang an einem solchen Ort verschimmelt wäre, würde ich mich garantiert nicht im Wald verstecken, wenn die Retter kommen.«

Die Offiziere berieten sich kurz, dann schickten sie ihre Männer in den Dschungel.

Die Soldaten hatten uns schnell umzingelt. Wir waren überrascht, wie flink sie waren, und uns blieb nichts anderes übrig, als uns zu ergeben. Wir gingen zu den anderen an den Strand, begrüßten die Offiziere und nahmen Zigaretten entgegen. Einer der Soldaten bot uns Kognak an, aber wir lehnten ab. Als er verwundert fragte, warum wir keinen haben wollten, sagten wir:

»Danke, aber wir haben in letzter Zeit wahrlich genug getrunken.«

Wir fragten, wer derzeit die Staatschefs der Sowjetunion, Großbritanniens, Finnlands, Schwedens, Norwegens und der USA waren, dann wollten wir wissen, ob in Europa Frieden herrschte und in welchen Gegenden der Erde eventuell Krieg geführt wurde. Bei dieser Gelegenheit erfuhren wir, dass im Inneren unserer Insel tatsächlich ein Partisanenkrieg tobte, da die indonesische Armee einen Aufstand der einheimischen Bevölkerung niederzuschlagen versuchte. Wir stellten noch zahlreiche weitere Fragen, und die Marineinfanteristen informierten uns nach bestem Wissen über den Stand der Dinge in der zivilisierten Welt.

Es herrschte ein aufgeregtes Durcheinander. Die Marineinfanteristen verfrachteten uns auf die Gummiboote und schafften uns zu den Zerstörern, wo man uns Kleidung und Essen gab. Die Mitglieder der Besatzung fragten uns pausenlos nach unseren

Erlebnissen aus, und wir erzählten ihnen, wie wir auf der Insel überlebt hatten.

Schließlich brachte man uns mit Helikoptern auf den Flugzeugträger, der inzwischen näher an die Riffe herangekommen war.

Auf dem Flugzeugträger wurden wir feierlich empfangen, die amerikanischen Soldaten hatten an Deck Aufstellung genommen, die Schiffskapelle spielte Marschmusik, und der Kommandant hielt eine kurze Ansprache, in der er uns auf seinem Schiff und in der zivilisierten Welt willkommen hieß.

»Ich kann mich über all das gar nicht freuen«, zischte mir Reeves ins Ohr, während wir dastanden und den feierlichen Worten lauschten.

Man bot uns zum werweißwievielten Male Essen und Zigaretten an, wir bekamen auch Champagner, und den lehnten wir natürlich nicht ab. Taylor rauchte Zigarren, blickte aber trotzdem ziemlich finster drein. Ich ahnte, dass er traurig darüber war, dass wir »gerettet« waren.

Wir übergaben den Funkern des Flugzeugträgers einen dicken Stapel Telegramme zum Weiterschicken an unsere Angehörigen. Die Nachrichtenagenturen der ganzen Welt funkten indessen den Flugzeugträger an und wollten Informationen aus erster Hand über unser Leben auf der Insel.

Es war ein eigenartiges Gefühl, Radio zu hören. Und Bestecke waren uns auch fremd geworden, wir aßen damit sehr ungeschickt. Wir hatten ebenso verlernt, Servietten zu benutzen, und wischten uns den Mund mit der Hand ab. Die Kleidung scheuerte auf der Haut, und wir kamen uns ziemlich plump darin vor.

In Finnland war immer noch Kekkonen an der Macht, wer auch sonst. Die Sozialdemokraten waren aus der Regierung ausgeschieden, endlich. In den Kommunalwahlen hatte das linke Bündnis dazugewonnen. Der Streit um den Generaldirektorposten bei *Neste* war immer noch nicht beigelegt. Meine Frau war am Leben, und den Kindern ging es gut. Mein Freund Eetu hatte unser gemeinsames Boot verkauft.

Diese Informationen wurden mir später von zu Hause telegrafiert.

Wir übernachteten auf dem Flugzeugträger. Der dortige Arzt nahm uns Blut ab, um es zu untersuchen, obwohl Vanninen ihm sagte, dass wir alle gesund seien.

Die Regierungen unserer Länder wurden offiziell über unser Auffinden informiert, und daraufhin bekamen wir von ihnen Grußbotschaften. Man hieß uns daheim willkommen.

Am nächsten Tag wurden wir wieder auf die Insel gefahren. Die Amerikaner fotografierten uns ausgiebig vor unseren Hütten, und dann sagten sie uns, dass wir unsere Sachen zusammensuchen sollten, jeder dürfe insgesamt dreißig Kilo mitnehmen.

Reeyes und Taylor kamen zu mir und erklärten, dass sie trotz allem auf der Insel bleiben wollten. Sie wussten, dass auch Lämsä und Lakkonen die feste Absicht hatten, ebenso mehrere Frauen, nämlich Maj-Len, Gunvor, Iines Sotisaari, Lily und Birgitta.

Ich sagte, dass ich ebenfalls bleiben wolle, wenigstens für ein Jahr, und schlug vor, dass wir in den Dschungel flüchteten, bis der Flugzeugträger weg wäre.

Taylor sagte, dass der Kommandant ihm verboten habe zu bleiben – er hatte gesagt, dass er von den Regierungen unserer Länder beauftragt worden sei, uns nach Hause zu bringen, und er werde nicht erlauben, dass einige von uns auf der Insel blieben.

Taylor hatte auf seinem Recht beharrt – er hatte zu dem Kommandanten gesagt, dass seiner Meinung nach ein freier britischer Mann keine Befehle von ausländischen Militärs entgegenzunehmen brauche, worauf der Kommandant nur gesagt hatte, dass er den Rettungsauftrag übernommen habe und diesen auch zu Ende führen werde –, es sei begreiflich, dass ein Mensch, der ein Jahr lang in der Einsamkeit gelebt habe, kaum bei klarem Verstand sei und seinen Rettern unter Umständen sogar Widerstand leiste.

Es war klar, dass der Kommandant uns nicht gestatten würde, in unserem Paradies zu bleiben.

Am Nachmittag, als man uns genug fotografiert hatte und alles so weit fertig war, bat man uns, die Gummiboote zu besteigen. Reeves gab uns das Zeichen, und wir zehn verdrückten uns einzeln in den Dschungel. Wir hatten uns im Laufe des Tages darauf verständigt, dass wir ums Verrecken nicht nach Europa zurückkehren wollten.

Unser Verschwinden wurde fast sofort bemerkt, aber da wir es gewohnt waren, uns im Dschungel zu bewegen, gelang es den Marineinfanteristen nicht, uns zu fassen. Wir rannten über den Pfad tief ins Dickicht hinein, und bald kam der Abend. Dunkelheit senkte sich über den Dschungel, und wir konnten eine Ruhepause einlegen. Keine zehn Pferde würden uns hier herausholen, dachten wir.

Wir übernachteten im Dschungel. Wir waren fünf Männer und fünf Frauen: Birgitta, Gunvor, Lily, Maj-Len und Iines Sotisaari, dazu Reeves, Taylor, Lämsä, Lakkonen und ich.

Unsere Flucht verursachte einen ziemlichen Skandal in der Marineinfanterie. Die Offiziere schickten in der Nacht mehrere Gruppen aus, die uns suchen sollten, aber nicht fanden, da der Dschungel zu dicht und zu dunkel war.

Lakkonen hatte vom Flugzeugträger ein kleines Kofferradio stibitzt, und das schalteten wir ein. Wir hörten unter anderem auch die Berichte über unsere Rettung, und wir lachten zufrieden, denn wir glaubten uns schon abermals gerettet, nämlich vor der Rettungswut der amerikanischen Marineinfanterie.

Aber am nächsten Morgen zog ein ganzes Helikoptergeschwader über dem Dschungel auf. Die Maschinen kreisten über unseren Köpfen, und obwohl wir versuchten, völlig reglos im Dickicht zu verharren, entdeckten uns die Piloten. Wir trugen ja die helle Kleidung, die wir am Vortag bekommen hatten. Als sie uns geortet hatten, warfen sie Flaschen mit Zetteln ab, auf denen wir aufgefordert wurden, vernünftig zu sein und ans Ufer zu kommen. Wir gehorchten nicht mehr, sondern marschierten tiefer in den Dschungel hinein, in Richtung Gebirge. Wir wollten den Amerikanern zeigen, dass wir freie Menschen waren, die selbst über ihr Schicksal bestimmten, und da wir nun einmal keine Lust hatten, ins langweilige Europa zurückzukehren, würden wir ganz einfach auf unserer Insel bleiben, und zwar solange es uns Spaß machte. Der Dschungel war so dicht, dass die Helikopter nicht landen konnten, und wir machten den Piloten durch die Zweige hindurch eine lange Nase.

Gegen Mittag zogen die Helikopter ab, und wir dachten schon, die Amerikaner würden darauf verzichten, uns zu fangen, und sich mit denen zufrieden geben, die freiwillig nach Europa zurückkehren wollten.

Aber das Militär gab nicht so schnell auf. Am Nachmittag kehrten die Helikopter zurück. Man warf uns eine Botschaft hinunter, die eine deutliche Drohung war: Wenn wir nicht sofort an den Strand kämen, würde man uns gewaltsam dort hinbringen. Die Nachricht war unterschrieben vom Kommandanten des Flugzeugträgers, und sie trug den offiziellen Stempel des US-Konsuls. Weiß der Teufel, wie sie sich den so schnell besorgt hatten.

Wir lachten nur über die Drohung und zeigten den Piloten, wie wir das Blatt Papier zerrissen. Wir betrachteten uns als die Sieger.

Aber das war ein Irrtum. Am Himmel tauchten weitere Helikopter auf, und in der Zone zwischen uns und dem Gebirge wurden Rauchbomben abgeworfen. Damit war uns der Weg abgeschnitten. Man hatte beschlossen, uns aus unserem schützenden Dickicht auszuräuchern. Wir mussten weinen: Zwischen den Rauchbomben war auch Tränengas gewesen.

Wir versuchten, durch den Rauch hindurchzudringen, aber das war unmöglich. Die Helikopter dröhnten die ganze Zeit über unseren Köpfen und warfen immer mehr Rauchbomben und Tränengas ab. Wir waren gezwungen, vor der sich nähernden Rauchfront zurückzuweichen.

Plötzlich rief Lämsä:

»Los, wir gehen zur Kanone und schießen aufs Meer, dann lassen uns die Teufel bestimmt in Ruhe!«

Wir rannten eine halbe Stunde quer durch den Dschungel, bis wir bei dem japanischen Geschütz anlangten. Iines Sotisaari und Lämsä nahmen routiniert ihren bewährten Platz ein, und wir anderen holten die Granaten. Wir richteten das Rohr aufs Meer und schossen. Wir waren nicht sicher, wohin die Granate fliegen würde, aber auf jeden Fall würden die Amerikaner spätestens jetzt glauben, dass wir es ernst meinten und auf der Insel bleiben wollten.

Wir verschossen sechs Granaten.

Plötzlich tauchten die Helikopter über uns auf, und an Strickleitern wurden dutzende von Soldaten abgesetzt. Wir ergriffen blindlings die Flucht. Immer mehr Soldaten kamen herunter, und jetzt lächelten sie nicht mehr, sondern schrien wütend, dass wir uns sofort ergeben sollten. Sie trugen Gasmasken, und sowie sie am Boden waren, warfen die Helikopter massenweise Rauchbomben ab.

Lämsä und Lakkonen versuchten, das Kanonenrohr auf die Marineinfanteristen zu richten, aber ehe sie dazu kamen, waren sie bereits umzingelt. Sie gerieten in ein Handgemenge, und Reeves rannte hinzu, um ihnen zu helfen.

Es entstand ein heftiger Ringkampf. Die Soldaten mit ihren steifen Gasmasken waren dabei im Nachteil, mehrere von ihnen gingen zu Boden, und Lakkonen stieß einen Freudenruf aus.

»Der finnische Bär ist los!«

Aber es kamen weitere Soldaten hinzu, und unsere Männer wurden überwältigt. Auch ich wurde gefasst.

Man schleppte uns gewaltsam ans Ufer. Dort waren bereits die Frauen hingeschafft worden, und schließlich wurde auch Taylor gebracht. Er leistete heftigen Widerstand, aber es half nichts, er wurde an den Händen gefesselt und ins Gummiboot getragen. Wir anderen gingen allein, bewacht von den Soldaten.

Man brachte uns auf den Flugzeugträger, und weil wir nicht mehr fliehen konnten, sah man davon ab, uns einzusperren.

Wir beschwerten uns mit scharfen Worten beim Kommandanten. Er tadelte uns seinerseits heftig für den unsinnigen Widerstand und machte uns darauf aufmerksam, dass wir einen bewaffneten Angriff gegen die Marineinfanterie der Vereinigten Staaten geführt hatten, was natürlich stimmte.

»Ich könnte Sie als Feinde festnehmen, wenn ich wollte, denn Sie haben mehrmals mit Granaten auf unsere Flotte geschossen«, wetterte der Kommandant. »Aber ich bin bereit, die Sache auf sich beruhen zu lassen, wenn Sie versprechen, von jetzt an die Vorschriften einzuhalten.«

Die Nachricht von unserem Widerstand war in die Welt gelangt, und wir alle, die wir auf der Insel hatten bleiben wollen, wurden als Helden gefeiert. Man schickte uns von überall her Botschaften, in denen man uns aufforderte, den Widerstand aufrecht zu halten. Die Absender der Telegramme wussten nicht, dass wir bereits bezwungen worden waren.

Wir schlossen mit unseren Bezwingern Frieden und setzten uns gemeinsam mit den anderen Lagerinsassen zu Tisch. Wir bekamen gutes Essen, das wir nach den Anstrengungen des Dschungelausflugs auch gebrauchen konnten. Die Mahlzeit endete mit Kaffee und Kognak, was uns ein wenig mit der Situation aussöhnte.

Noch am selben Abend wurden wir gruppenweise mit einem schweren Helikopter nach Papua geflogen. Dort bekamen wir Flugtickets nach Japan, und auf dem Tokioter Flughafen nahmen uns Vertreter unserer Regierungen in Empfang. Nach kurzem Zwischenaufenthalt flogen wir weiter nach Moskau und von dort nach Helsinki, wo uns die internationale Presse schon ungeduldig erwartete. In Helsinki blieben wir noch einen Tag beisammen, und dann trennten wir uns: Die Schweden nahmen die Fähre, die Norweger flogen nach Oslo, und die Briten bestiegen das Linienflugzeug nach London, das übrigens keine Trident war. Der Abschied fiel uns schwer, aber wir beschlossen, Kontakt zu halten. Wir hatten schon auf dem Flugzeugträger unsere Adressen ausgetauscht, und wir gelobten einander, nie die Freundschaft zu vergessen, die auf der Insel zwischen uns entstanden war.

Der Indonesier Janne reiste mit Frau Sigurd nach Schweden, alle anderen in ihre jeweiligen Heimatorte. Ich fuhr heim zu meiner Familie, und ich kann sagen, dass ich eine Menge zu erzählen hatte.

Als ich mich am Kai von den Schweden verabschiedete, kamen mir fast die Tränen. Wir umarmten einander und schworen uns, dass wir uns wiedersehen.

Später auf dem Flughafen, als wir die Briten zu ihrer Maschine nach London begleiteten, sagte Taylor zu mir:

»Wir fahren irgendwann nochmal hin, oder?«

»Wenigstens zu Besuch, wenn schon nicht für immer«, versprach ich. Wir drückten einander die Hand, und dann stieg

Taylor, ohne sich umzusehen, die Gangway hinauf. Reeves drehte sich auf den Stufen noch einmal um und winkte mir und den anderen Begleitern zu.

Lämsä und Lakkonen wischten sich die Tränen ab.

NACHWORT

Jetzt, da ich dies schreibe, sind seit der Reise schon mehrere Jahre vergangen. Wir hatten beschlossen, uns nach fünf Jahren in Helsinki zu treffen und auch zwischendurch Kontakt zu halten. Wir verhielten uns also wie Schüler, die in der letzten Woche vor dem Abschluss vereinbaren, alle fünf Jahre ein Klassentreffen zu veranstalten.

Der Kontakt ist spärlich geblieben, aber ein wenig habe ich doch von den Leuten gehört.

Taylor hat seine Ankündigung wahr gemacht. Er ist in Pension gegangen, hat sich eine entsprechende Ausrüstung beschafft und ist mit seiner Familie auf die Insel gefahren. Die Familie hat sich jedoch nicht einleben können und ist nach einigen Monaten wieder zurückgekehrt. Taylor blieb alleine dort. Er hat nie jemandem geschrieben.

Die schwarze Hebamme hat einen Bauern aus Savo geheiratet, sie haben einen Hof in Leppävirta und ein gemeinsames Kind.

Lämsä, Lakkonen und Ala-Korhonen leben ebenfalls in Finnland und schuften wie eh und je im Wald. Das tun, soweit ich weiß, auch ihre anderen Kollegen, die mit auf der Reise waren. Vanninen arbeitet als Chirurg im Zentralkrankenhaus von Kuopio. Er leidet an einem Ekzem.

Frau Sigurd hat sich von ihrem Mann scheiden lassen und lebt mit dem Indonesier Janne zusammen. Das Kind, das gesund in Schweden zur Welt kam, ist allem Anschein nach doch von ihm. Janne betreibt eine kleine Mietwagenfirma.

Iines Sotisaari ist nach England gegangen und hat dort dem Vernehmen nach Reeves geheiratet. Keast fliegt weiter als Copilot durch die Welt.

Gunvor soll angefangen haben zu trinken, derzeit übt sie in einer Stockholmer Nachtbar einen freien Beruf aus. Das hat mir Birgitta erzählt, die in Entwicklungshilfeprojekten der Vereinten Nationen eingebunden ist.

Maj-Len hat über unsere Reise zahlreiche Artikel für die schwedische Presse geschrieben und offenbar sogar einen Vertrag über die Verfilmung des ganzen Abenteuers abgeschlossen. Mal sehen, was daraus wird.

Ich selbst führe in Finnland mein unstetes Journalistenleben weiter.

Ein Mordsvergnügen

Arto Paasilinna
DIE GIFTKÖCHIN
Roman
Aus dem Finnischen
von Regine Pirschel
224 Seiten
ISBN 978-3-404-18927-4

»*Gift: Stoff, der, wenn er in die Säftebahn eines Menschen oder Tieres gelangt, schon in kleiner Menge die Tätigkeit einzelner Organe schädigt und dadurch krankhafte Zustände oder den Tod verursacht.*«
Was tun, wenn man als ältere Dame von drei jungen Männern verfolgt wird, die einem nach dem Leben trachten? Linnea Ravaska hat endlich genug davon, sich von ihrem zwielichtigen Neffen tyrannisieren zu lassen. Sie beschließt, sich zu wehren, und zwar bis zum bitteren Ende ...

Lübbe

Witzig, skurril und voller Pointen - und eine Ode an die Toleranz

Arto Paasilinna
DER HEULENDE MÜLLER
Roman
Roman
Aus dem Finnischen
von Regine Pirschel
224 Seiten
ISBN 978-3-404-19280-9

In einem kleinen Dorf im Norden Finnlands taucht ein Mann namens Huttunen auf. Ihm gelingt es, die baufällige Mühle wieder in Betrieb zu setzen. Der eigenbrötlerische Müller hat nur eine befremdliche Angewohnheit: Er verfällt bisweilen in tiefe Traurigkeit – und heult wie ein Wolf. Um ihren Schlaf gebracht, verbünden die Dorfbewohner sich gegen Huttunen. Sie wollen den Sonderling wegsperren lassen. Doch Huttunen kann fliehen, und er versteckt sich in der Wildnis der Wälder. Und so macht sich das Dorf auf die Jagd nach dem heulenden Müller ...

Lübbe